QUALCOSA

不安公主

基娅拉·甘贝拉莱

—

著

陈英 邓阳/译

湖南文艺出版社 博集天卷

目录
Content

献给埃马努埃莱和他的无为

Part 1

她奔跑、游泳、叫喊，然后继续奔跑、游泳、叫喊。

她必须找到一个途径，摆脱内心那个空洞。

她要找到一个解决方法。

因为那个洞让她太痛苦太痛苦了。

"是个女儿，是个女儿！"

王后生了个女儿。

整个王国的大街小巷，人们口口相传，这个消息马上家喻户晓。

高大国王和他的妻子和蔼王后终于拥有了他们的第一个孩子：一个女继承人。

多年以来，国王和王后如胶似漆，并且深受子民爱戴，却因膝下无子而倍感遗憾。

他们的幸福就是王国所有子民的幸福，现在，大家都在

欢庆这件喜事。

　　但是。

　　但是，有一个"但是"。

　　这个"但是"就是她：公主殿下。

　　王后刚把她抱在怀里，她哭了第一声，国王和王后就知道，这个小家伙身上有某种非常特别的东西。

　　一种很复杂、很难解释的东西。

　　一种显而易见的东西。

　　一种危险的东西。

　　"怎么可能？"王后脸色苍白，心中非常慌乱，她相信丈夫能够解释她心中的疑惑，"怎么可能，我们的小宝贝只不过是哭了几声，水晶吊灯就碎了？灯上的每块水晶都碎了？！"

　　但的确发生了这样的事。

　　从公主的小嘴里，发出了一道非常刺耳的哭声，水晶吊灯上的一千零三块水晶都惊恐地摇晃起来。

"乖乖，乖乖，我的小宝贝。"王后温柔地安抚着小公主。

但公主的哭声却更尖锐、更绝望，持续时间更长了，就好像她要通过哭声让整个世界，让所有人都知道：

"乖乖，乖乖。"王后继续安抚她。

但公主哭得越来越凶。

她哭啊。

她哭啊哭，哭个不停。

直到水晶吊灯破碎的声音盖过她的哭声。

她停了下来。

真是不可思议！看看这个刚出生的小婴儿的嘴巴——那么娇柔，像羔皮做的，就像刚刚画出来的——小公主的嘴唇就好像在微笑。她真自豪，水晶吊灯上的一千零三块水晶全碎了。

高大国王吓了一跳，但内心深处，他觉得这场意外很有意思。他注视着小公主，小公主也正盯着他，那双黄色的眼睛睁得大大的，像窗户一样。这可不是刚出生的小婴儿该有的目光，不！刚出生的小孩不是这样的。

但她的目光就是那样有神。

她身上有某种很特别的东西。

某种难以解释、复杂的东西。

某种显而易见的东西。

某种夸张的东西。

她太不安了。

公主出生没几天，她的名字就在王国里传了开来。

确切地说，是她出生四天之后。

那一千零三块水晶破碎后，在这四天里，小公主可一点也不打算乖乖地做个新生儿。

根本不可能。

第一天，小公主吮吸着她妈妈像成熟的甜瓜一样硕大、丰润的乳房，直到两只乳房都变成了干瘪的气球，再也挤不出一滴乳汁。

但她还是很饿。

她依然很饿。

两天后，她发现自己有两只小脚。

她不停地蹬着两只小脚，一刻也不停歇。

她不停地踢着上面绣有郁金香的丝绸小床单，这可是王国里最好的女裁缝给她做的，她踢啊踢，直到踢烂了才肯罢休。

不管是谁把她从摇篮里抱起来，她都会朝那个人的胸膛"咚咚"踢上两脚。

王后给她换内衣和尿布时，她也会踢个不停。才出生两天的婴儿可不是这样的，他们都很害怕来到这个世界上，而她一点也不害怕，两只小脚一个劲地踢蹬。

她踢脚的频率比呼吸还勤。

左踢踢，右踢踢，上踢踢，下踢踢，两只小脚丫像着了魔一样，好像特别想奔跑，而现在它们还压根儿不会走呢。

三天后，她发现了睡眠的存在。

她一口气睡了二十八个小时。

"她不会……"和蔼王后用颤抖的声音说，"死了吧？"

高大国王摇摇头：小公主还在呼吸。

她还在睡。

她睡得昏天黑地。

她睡醒之后，又连续二十八个小时都醒着。

的的确确是这样。

醒来就一直闹腾。

醒来后的第二十九个小时，公主还不睡，高大国王站在摇篮前，公主黄色的眼睛睁得大大的，盯着国王的眼睛看。国王又无奈又惊奇，大喊了一声：

"我的女儿，你就是我的不安公主。"

就这样，公主有了名字。正当国王和王后哭笑不得时，她又睡了二十个小时。

对不安公主来说，十三年时间，是长还是短呢？

谁知道呢？

对公主来说，十三年时间很漫长，也很短暂，时间有时如同好奇的飞鹰一样快，有时又像受伤的乌龟一样缓慢。

但最主要的是：这十三年里，她一直都随心所欲。

她想要什么呢？

她想要：

她想要:

她想要：

太多东西！

18

她想要太多关注。

她想要国王、王后、私人教师和周围所有人的关注。

"你在听我说话吗？"她不断问这个问题，被她缠住的人，整个下午都不得不待在那里，听她讲故事。从她出生的那天讲起，讲她让吊灯上的一千零三块水晶全碎了。

奶妈擤鼻涕时，真是太搞笑了。

噗噗！

有一天，她没告诉任何人，就偷偷跑出了城堡，来到了王国的边境，她爬上一道彩虹，越爬越高，最后，她发现了世界的秘密，但她很难过，她发誓要保守这个秘密。

她讲的都是真实的故事，不知道是从哪儿听来的，但这不要紧。不安公主喜欢说话，她说啊说，小嘴不停，她的话太多了，不幸被她缠住的人，脑子里都会塞满她说的话。假如哪个倒霉鬼假装在听她说话，偶尔评论一句"非常有趣"，她可不会满足。当然不会满足。

"你在听吗？你在听我说话吗？"

或者她会问："你是怎么想的？"

然后，她不依不饶地说："现在轮到你了，你说，你说，快说你昨天干了什么？你最喜欢什么花？你最喜欢的味道呢？说说吧！"

因此，王国里的小孩渐渐都开始疏远她。当然，她可是国王的女儿，大家都得尊敬她！这些小孩的妈妈一直教导他们，要对公主有礼貌。

"但有礼貌是一回事，跟她玩又是一回事！"孩子们抱怨道。

"为什么？不安公主做了什么事？"妈妈们问。

"问题不是她做了什么，而是她这个人……"孩子们解释说。

"也就是说？"

"就是说，不安公主太让人不安了！如果在路上遇到她，你跟她说'你好'，她就会拦住你，开始没完没了地问问题！头都晕了！她聊起天来，简直一秒钟也不停！要是你稍微一分心，她就会拧你的胳膊，手臂会被拧得发紫！跟她玩偷旗游戏，能玩一整天，她不会放你走，她永远都玩不够！"

对他们来说，早上醒来先去上学，再玩一个小时左右偷旗游戏，然后做作业，再完一会儿偷旗游戏，吃饭和睡觉，这些就足够了。

他们从来都不会太幸福，也不会太无聊。

他们是"满意娃"。

一般开心，一般无聊。

还有，不安公主想要太多色彩。

她可不会接受平淡无奇的晚霞。

如果晚霞的色彩让她觉得满意，她就会跑到城堡最高的塔顶，跳起踢踏舞，向太阳表达她的喜悦。

但是，如果乌云遮住了晚霞最精彩的部分，她觉得晚霞不够漂亮，她就会一头钻进房间，把门反锁上，大哭到第二天早上，对背叛她的天空表示抗议。

她太想去历险了。

每天她醒来，还没睁开眼睛，就盼望着一场历险。好像整个世界是一座游乐场，特意为她建造，让她永远也不会无聊。

她一直都在拼命玩耍，就是为了不去想妈妈为什么总是很疲惫，为什么所有满意娃都不来找她玩偷旗游戏。

就这样，她在树林里寻找小鹿，想和它们一起玩捉迷藏。

她假装成一个暗恋者，给上了年纪的奶妈写信，那个可怜的女人一打开信封，脸就红了，很难为情，但很高兴。她真的笑死了。

有一天，她藏在了城堡厨房的柜子里。天黑之后，所有人都问一个问题：公主去哪儿了？

大家非常焦急，都声嘶力竭地呼唤她。

"不安公主，你去哪儿了？"

"不安公主！"

"你在哪儿？"

"不安公主！公主……公主……"

饼干

国王和王后想，这个女儿就是上天对他们的惩罚。

这个女儿是个淘气包。

但是。

这个女儿也是上天赐予他们的礼物。晚上，有时候国王脑子里全是让人头痛的问题，这些问题像蝙蝠一样黑暗，很难解决。这时候不安公主会跳到国王的怀里，在他耳边轻轻说："一切都会好起来的。"

即使她不知道那是什么问题，但她什么都明白，什么都知道，她懂得太多了。

这个女儿也是一个天使，早上，有时候王后会这么想。王后生病了，她卧床不起，身体每况愈下，不停地咳嗽。不安公主会悄悄溜到王后的房间里，手里拿着一个巴斯克手鼓，王后每咳一次，她就轻拍一下手鼓，最后变成一段真正的音乐，一首令人着迷的歌曲。

扑啦
扑啦

"这是一首让咳嗽消失的歌，嘭！咳嗽消失，嘭！咳嗽消失，嘭！咳嗽消失，嘭！"不安公主嘴里唱着。

然而，不幸的是，消失的是王后。嘭！

在那之前，没人敢告诉公主，她妈妈怎么了，为什么一年以来她都卧病在床，咳嗽一直都不见好转。

王后自己也不敢说：一方面是因为，她希望子民的祈祷能奏效，能传到天上——遥远的天上，让一个神仙听到，正好是关心他们的神仙，能让童话有个圆满结局，能为我们所爱的人驱除恶疾。另一方面是因为，她已经太虚弱了，全身上下都找不到一点力量，让她把正在发生的事告诉不安公主。

高大国王对女儿轻声说："死亡并不意味着有人离开，但你却留下了。"和蔼王后看了国王最后一眼，眼神包含着千言万语，最后永远地闭上了眼睛。

不安公主十三岁了，在城堡的花园里，她发现了很多蜥蜴，这些蜥蜴都被一只猫的爪子弄残了，在太阳底下晒着。

八月的一个早晨，国王的马一声不响地从马厩消失了，虽然天气非常热，但公主感觉很冷。她除了太伤心，太高兴，她还太聪明。她年复一年地观察着大山、草地和天空，她明白，万物以自己的方式玩着偷旗游戏，似乎很残酷，但也很自然，比如夏日过后会是寒冬，正午的阳光过后会是黑漆漆的夜晚。

总之，她知道了死亡是什么。但她不明白，妈妈的死亡意味着什么。

她不知道，现在她心里的那个洞是什么。

在心脏的地方，有一个破洞。

有两天时间，公主不说话，不哭泣，不吃饭，不睡觉。

她待在王后的房间里，躺在地上，拍打着她的巴斯克手鼓。她觉得一切都被黑暗笼罩着，时间永远都是凌晨三点。

葬礼在这一天来临了。

黎明到来时，每家每户窗户紧闭，王国里的每个人都在默哀，怀念和蔼王后金色的眼睛和温柔的目光。

后来，太阳融化了一切，把天空染成了橘黄色。

人们打开窗户。

城堡的花园里挤满了人。

所有人都在这里，围绕在高大国王和不安公主身边，真的是所有人都来了，全世界都想和王后告别。王后身上裹着一条蜻蜓翅膀形状的披肩——这是一位中国裁缝特意为她缝制的，她被安葬在向日葵花丛中，这是她最喜欢的花。

不安公主紧握着爸爸的手，高大国王泪如雨下，但公主那大大的眼睛里，却连一滴眼泪也挤不出来。

她难过得哭不出来。

之前对她退避三舍的满意娃都过来拥抱她、抚慰她，有的送给她发光的弹珠，有的邀请她一起玩偷旗游戏。

但她看都不看他们一眼。

她感到自己被遗弃了。

她太孤独了。

她内心太空洞了。

就这样，葬礼举行到一半，国王开始讲话，感谢他的子民，不安公主趁机逃走了。

她逃走了，她跑得飞快，逃离了那群人。城堡里太多人了，但他们太讨厌了，也太没有用了，因为这些人里没有她的妈妈。

她走呀走，绕着城堡，走在王国的大路上。

她游过小河，翻过小山丘。

城堡里人来人往，没人注意到她不见了。高大国王忙碌

于葬礼，沉浸在悲伤之中，第二天才发现她不见了。

不安公主要抓住这个机会。

她奔跑、游泳、叫喊，然后继续奔跑、游泳、叫喊。

她必须找到一个途径，摆脱内心那个空洞。

她要找到一个解决方法。

因为那个洞让她太痛苦太痛苦了。

不！甚至更糟糕！

这个洞……让她什么感觉也没有。

这个洞让她什么感觉也没有了，正因为如此，她才感到害怕。

因为她从前总能感受到太多东西。

现在却什么也感受不到了。

什么也没有。

"怎么？是谁在吵吵？发生了什么事？"突然，从树丛里钻出来一个人。

不安公主以前从来没见过这么奇怪的人。

他看起来像个小孩，但其实是一个小老头。

或者说，他看起来像个小老头，其实是个小孩。

他头上零零散散有几撮头发，这一缕，那一缕，透过一副脏脏的眼镜，能隐约看见他的眼睛一只是绿色的，另一只是栗色的。他好像穿着一件天蓝色的短袖衬衣，但仔细一看，那是一个大垃圾袋，从袋子里伸出两只胳膊和两条小腿，都瘦巴巴的。

"你是谁？"不安公主问。

"我？刚才是你在叫我！你是谁？我正在做一件非常不重要的事，你竟然敢打扰我。"

"不就是一件非常不重要的事吗？"不安公主有些生气，她想：这个荒唐的家伙到底想干什么？她担心的是心中的空洞，她根本就不想听一个流浪汉的满嘴胡言。

"我每天只做那些不重要的事情，我每天什么都不做。为什么，难道你不是这样吗？"

"不，我不是这样。总之，请让我静静。"

"你先叫我的名字，然后又说让你静静？真是个没教养的小姑娘！"

"我都不认识你，怎么会叫你的名字？"

"你说谎，你一直在喊我的名字！"

"你的名字？"

"我叫空空！我是空空骑士。"

"我是不安公主！我大喊'空空'，因为我的内心很空洞，我什么也感觉不到了！谁叫你了啊！"

公主终于爆发了，就这么神奇，这时她感觉到心痛了。

不安公主大哭起来。

她哭泣，是因为她思念妈妈；她哭泣，是因为从今往后，爸爸再也不是从前那个爸爸了；她哭泣，是因为葬礼上的满意娃没一个是她真正的朋友；她哭泣，是因为从王后生病起，她都一直没有哭，眼泪都堵在眼睛里，哭声都堵在喉咙里；她哭泣，是因为心里的那个空洞。

她流了很多眼泪，用她的方式哭得很夸张。

她站在那位陌生骑士面前大哭，那位说话没条理的骑士，瞪着他绿色和栗色的眼睛，一言不发地盯着她。

天色渐暗，夜幕降临，她还在哭，她朝着月亮哭泣，直到破晓，新的一天来临。

这时候，她的双腿太疲惫了，开始颤抖，最后她跪倒在地上。

但她继续哭着，直到下午渐渐过去，变成夜晚。

空空骑士一直在那儿，一动不动地站在她跟前，简直像个木头人。最后，他从鼻子上摘下眼镜，用垃圾袋衣袖擦了擦镜片，结果镜片比之前更脏了。他忍不住说："好了，现在够了。你知道吗？你已经哭了足足二十四个小时了。"

不安公主没理他，反而抽泣得越发厉害了。

　　"够了！"空空骑士提高了嗓门，"你哭了整整一天了！还不够吗？"

　　"我永远都不够，不幸的是，我就是这样的人！"不安公主大喊道，鼻涕和眼泪止不住往下流，"我心情很糟！太糟了！我心里有一个空洞！我心里有一个破洞！"

　　空空骑士叹了一口气。

他双臂交叉，盘起双腿，坐在了不安公主身旁。

扯下一根小草。

嗯？

他要做什么？

他把草放在嘴唇上，开始吹口哨。

吹口哨，他的确吹起口哨来了！

不安公主越伤心，他吹得就越起劲。他嘴里叼着小草，眼睛望着天空，一副很享受的样子！

他们迟早会停下来，就看谁先停下来。

但空空骑士好像吹得很享受。

不安公主已经哭了三十二个小时，她先停了下来。

这是她生命中的头一次让步。

她推了空空骑士一把，把他推了个脚朝天。

"公主，你疯了吗？"他惊异地说。

"你怎么敢在我哭的时候吹口哨？"她大喊道。

"你怎么敢在我吹口哨的时候哭？"

"你明不明白，我遇到了很痛苦的事情，太痛苦了。"

"我知道，我当然知道。"

"那就让我哭个痛快。"

不安公主又要开始哭了，但空空骑士用大拇指和食指捏住了她的鼻子。

"不行！小公主，拜托了，关上这水龙头吧！我无法想象你遇到了什么悲惨的事，但要是真是那么糟糕的事，像你说的，很痛苦的事情……你的心会像大孔奶酪一样，上面全是洞洞，你不觉得吗？"

"可我什么感觉也没有，我心里空空的！"

"我敢保证，这不是最糟糕的感觉。"

"什么意思？"不安公主问。她的鼻子被堵住了，声音怪怪的，空空骑士发出一阵爽朗的大笑声，简直太没礼貌了。

"你居然笑我？你真是一点同情心也没有！"他还捏着

公主的鼻子，公主摆脱了他的手，站了起来。

"你的声音太可笑了！"空空骑士捧腹大笑。

"但我现在太痛苦了！"她大声嚷着。

"反正，你的声音就是很好玩！"他说，"现在，你要忍受心中的空洞。你要知道，你不仅是一个伤心的小公主，同时也很有趣。我肯定，除了会哭，你还会做很多事，也会无所事事。"

"你错了。我根本没有无所事事的时候，我确实不知道怎么停下来，什么事都不做。总之，我现在只知道哭，我只想哭。"不安公主双手叉着腰说，"明白吗？"

空空骑士忍不住打了个哈欠说："你听我说，小公主，我想你一定是从城堡偷偷逃出来的，然后跑到这里来了……你为什么要让所有人都为你担心？你别告诉我，你是一个被惯坏了的小公主，你喜欢这样吸引大家的关注……"

不安公主继续抽搭着，但现在好像能听进去骑士说的话了。

空空骑士继续说："好了，别哭了。你有父母，对吧？别哭泣了，就当是为了他们。我本来安安静静地待着，结果不幸遇到了你。你别哭了，就算不是为了我，你也要想想你可怜的父母。你要忍受内心的空洞，我再说一遍：糟糕的事情发生后，我们需要一些时间去接受，刚开始，我们觉得那不是真的。当脑子开始明白那些事情，我们感觉自己的心变得像大孔奶酪一样，有很多洞洞。然而，不要讨厌你心中的空洞，你要时不时去抚慰一下它，但你也不能老想着这事，否则这个洞永远不会痊愈。"

骑士说了这段又长又怪的话。刚开始，他提到了"父母"，公主一听到这个词，又开始哭，她说："事情就是这样，那个空洞永远不会痊愈，因为它太大了，真的太大了。"

"唉。"空空骑士叹息了一声，他又用袖子擦了擦眼镜，镜片变得更脏了，"小公主，你再哭最后一次吧，如果你放下心中的空洞，慢慢去接受它，不到一年，你就会发现它会自己愈合，甚至会成为你心里最宝贵的东西，就像……就像一个秘密通道，就是这样。就算它有时候会变大，有时候会缩小，但没关系，因为我们心中的洞就是这样的。小公主，一切都会过去的。"

他躺了下来，双手交叉着放在脑后，又开始吹口哨。"一切都会过去。现在让我接着无所事事，你也回家吧，谢谢。"

"你真是个怪物！"不安公主大声说，然后跑回了城堡。

Part2

你要忍受内心的空洞，不要讨厌它，

时不时去抚慰一下它，但你不能老想着这事，

否则这个洞永远不会痊愈。

光阴似箭，星期一、星期二、星期三……

日月如梭，九月、十月……

王后去世已经一年了。

高大国王失去了妻子，眼睛里也失去了从前闪烁的光芒。现在他的眼神黯淡无光，充满悲伤，他拖着沉重的步子，走过城堡的房间，走在王国的道路上，好像老了一百岁而不是一岁。

他仍旧施行仁政，爱民如子，对宫廷里的侍卫都彬彬有礼。但大家都很怀念从前那个英明决断的国王，他有很多创意和想法，充满智慧，一直非常热心地救助弱小者。

他一如既往地疼爱女儿，非常慷慨，但他的思绪已经远去，好像迷失在一个没人知道的地方，他再也无法像从前一样与女儿相处，关心她的生活，理解那些让她不安的事情。

不安公主呢，她却回到了之前的样子。

但她花了好长一段时间。

离开空空骑士那天之后，她下了山，回到了城堡。她把自己关在马厩里继续哭，终于能尽情地哭了，她哭了整整一个星期。她在干草堆里做了一个奇妙的梦，在梦里：她的妈妈并没有死，不，不，她只是开了一个玩笑，藏在了某个地方！后来，她睁着大大的、黄灿灿的眼睛，走出了马厩。公主开始寻找妈妈，很坚定，也很激动。可怜的奶妈恳求她不要去理会那个危险的梦，因为很遗憾，王后只可能在上面……她伸出手，指了指天上的云。

但不安公主仍然呼喊着："妈妈！你在哪里？"她把所有地方都搜了个遍：城堡的每扇门后面、温室里、地窖下面。她希望王后会从藏身之所探出头来，一如既往，面带微笑。直到第十二天，高大国王终止了这场疯狂的寻找，这场没有"宝贝"的寻宝活动。

"女儿啊，我们不能假装无视已经发生的事情。"国王

对她说。他拉着女儿的手，来到了埋葬和蔼王后的地方，那是城堡花园的一个僻静角落，周围开满了向日葵，知更鸟守护着这个地方。"现在，你妈妈在这里，唯一能找到她的地方，就是在你心里。"

但不安公主的那颗心已经千疮百孔了。

她再次把自己关进马厩里，但第二天早晨，她就离开了。她一醒来就回到城堡里，自王后去世后，她第一次洗了一个长长的澡，水很热，香气四溢，她换下了那件沾满泥巴和鼻涕的脏汗衫。

她的计划是什么？当然是寻找王后，但不是在城堡里找，而是在她心里找，就像她爸爸说的。

但要尽快修复她的心，尽可能快！

否则，妈妈怎么能进来呢？

一颗破碎的心，当然装不了任何人，这再明显不过了！

因此，从那时候起，不安公主就为填补她的心而努力。

她和奶奶、几个厨娘，还有任何路过院子的倒霉鬼一起玩偷旗游戏，简直没完没了，她想通过游戏填补内心的洞。

她在王国的道路上玩滑轮，上气不接下气。她让发明家用王后的床单造了一顶降落伞，她从城堡最高的塔顶跳下来，在空中翱翔。她一头埋进书本，潜心读书，她读了很多书：爸爸浩瀚图书馆里的所有历史书，奶妈藏在枕头下的爱情小说，因纽特人的烹饪书，还有木匠的手册。

她要求给她请一位希腊语老师、一位俄语老师，还有一位日语老师。

还有古典舞老师和钢琴老师。

重要的是填满，填满她的日子和她的心。

但可怜的小公主，只会以她的方式，在心里塞满东西，太满了。

就这样，之前空洞的心，现在被填满了，塞的东西简直太多了，随时都可能会爆炸。但是，在这些东西里，唯独王后没有露面。

"爸爸，妈妈真的会到你心里找你吗？"她问高大国王。

"当然，我的女儿。每天早上我醒来前，每天晚上我刚一睡着，我都能看见她。"他回答说。

那天晚上，不安公主在床上辗转反侧，思来想去。

后来她产生了一个疑问："……也许，我的心不是没修补好，而是填得太满太满了，是不是因为这样，妈妈才没有停留的地方？

"那么，我该怎么做？我该怎么做，才能像爸爸一样见到她？为了这个该死的洞，我努力了这么久，填满了我的心……为什么？这颗该死的心，为什么还是没有修补好？"

糟糕的事情发生后，我们需要一些时间去接受，刚开始，我们觉得那不是真的。当脑子开始明白那些事情，我们感觉自己的心变得像大孔奶酪一样，有很多洞洞。

在她的房间里，没人陪伴她，但有些夜晚很神奇，她听到有人在说话。他继续说：

你有父母，对吧？别哭了，就当是为了他们。你要忍受内心的空洞，不要讨厌它，时不时去抚慰一下它，但你不能老想着这事，否则这个洞永远不会痊愈。

自从遇到空空骑士后，不安公主从来没想过他一秒钟。在她生命中最糟糕的一天，他竟然吹着口哨，说了这些让人无法理解的蠢话。如果这位骑士出现在她的脑子里，她就会像赶一只蚊子一样，立即把他赶出去，直到把他完全忘记。

但是现在，空空骑士的话萦绕在她耳边。

你有父母，对吧？他问。

她没有回答，因为她再也没有妈妈了，这就是问题所在。

空空骑士继续说：为了他们，别哭泣了，忍受你内心的空洞。

他继续说：如果你放下心中的空洞，慢慢去接受它，不到一年，你就会发现，它会自己愈合，甚至会成为你里最宝贵的东西，就像……就像一个秘密通道。

要是那个让人讨厌的空空骑士说的是真的呢？

不安公主已经没什么可失去了：那天晚上过后，她决定试一试。

她完全不知道该做什么，空空骑士的其他话也萦绕在她耳边：我每天什么都不做。为什么，难道你不是这样吗？

不，她不是。从小，她总是要做很多很重要的事情，简直多得数不清。

但也许，为了使心中的空洞自动愈合，她得努力像空空骑士一样。

也就是什么都不做！

从哪里开始呢？

70

从下午的嘻哈舞课开始，好主意！老师到了，不安公主假装头疼得厉害，没法跳舞。

独自一个人时，她下巴开始颤抖，又想要哭起来，哭也是做某件事啊！因此她忍住眼泪，在城堡周围散步。她的脚激动不安，疯狂地想要奔跑，但不安公主艰难地抑制住了它们。她一步一步，一步接一步，慢慢地走到了花园的那个角落。

她蜷缩在那里。

呼吸着土地的味道。

呼吸着向日葵的芳香。

聆听知更鸟的啁啾。

呼吸着向日葵的芳香。

呼吸着土地的味道。

聆听知更鸟的啁啾。

不做任何事。

但是。

但是。

但是，她抑制不住自己的双手：让它们不动，真是太困难了。

在她的脑袋里，思绪疯狂地涌动：让脑子乖乖待着不动，真是不可能。

她想要摘下那些向日葵，做个花冠，搭建一座小桥，做个新东西，全新的东西，这种愿望太强烈了。

她太想去吓唬知更鸟，让它们飞走，和它们一起玩偷旗游戏！

如果是空空骑士，为了避免做这些事情，他会怎么办呢？

也许……

是的！吹口哨！

就是嘛！

不安公主一直在吹口哨，直到天黑。

然后她回到城堡，一步一步地走。

　　慢慢地走。

　　和爸爸一起吃晚餐时，她紧闭牙关，很少说话，因为她
不想像从前一样，问太多问题，吃太多东西，总之，那天晚
上她说的话，吃的饭，都不多不少。

　　那些没做的事让她很疲倦，她躺上床，头一挨着枕头就
睡着了。

是的！

不安公主满心欢喜地醒来，她很高兴生活在这个世界上，她已经很久，很久没有这样高兴了。

太好了！太好了，她成功了！

她做到了！

妈妈终于来找她了。

她跳下床，在城堡楼梯上飞奔，上上下下跑了十遍，一百遍，就是为了告诉大家发生的事情。她光着脚跑出了城堡，来到花园，把这件事告诉那些守护着王后的大树、向日葵和知更鸟。

"我太幸福了！！！"

她大声喊道。她的那颗心，先前太空洞，后来太拥挤，现在简单地敞开了，像一颗乒乓球一样轻盈，好像马上就能回到之前的样子：喜欢历险和丰富多彩的生活，总是在求关注。公主光着脚丫子，飞快奔向一年前遇到空空骑士的那个山丘。

她想要感谢他，告诉他那个梦，问他数不清的问题。

"空空！空空骑士！"她大声呼唤着，"骑士，你在哪里？"她在灌木丛里搜索，那是之前看见他的地方。

这时候，她听见背后传来一道声音："小公主，早上好。"

她转过身，发现他就站在眼前，与上次见到他时一模一样：脏脏的眼镜，一样的眼睛，一只是绿色的，一只是栗色的，身上穿着同一个垃圾袋。

"空空骑士！"不安公主用胳膊钩住了他的脖子。

他好像被蛇咬了一样，想挣脱公主的拥抱："小公主，你怎么了？我可受不了这样亲密的举动。"

不安公主并没有觉得害羞，她围着骑士一边跳，一边说："多亏了你，昨天晚上我见到我妈妈了！一年前我们认识时，她刚刚去世，这就是为什么我当时心情那么糟糕，简直太糟糕了。"

"哦!"空空骑士低下了头说,"我没想到发生了这么悲伤的事,对不起。如果我当时知道的话,就会对你友好一点。唉,就算我做不到,但我至少会试一试。"

"你不用担心,不用担心,我今天很开心,我太开心了!这都是你的功劳。"

"我的功劳?"空空骑士摘下眼镜,用袖子擦了擦,不出所料,镜片比之前更脏了。

"对对对!我听了你的建议!什么都不做,不再焦躁!我心中的洞变成了一个秘密通道,妈妈穿过了它来到我的梦里,我又见到她了!"公主抓住骑士瘦瘦的、修长的双手,疯狂地转起圈来,速度越来越快。

"现在,你要教我很多东西,我想学太多东西!你会教我的,对吧?"不安公主问。

"我很抱歉,小公主,我没有任何东西可以教给你。"

骑士回答说。

"不，你有！"不安公主跺着脚说。

"也不是没有。"骑士伸出消瘦的双臂，给她看了看手掌心，说，"我只有空空的两只手。"

不安公主趁着这个机会，一下子扑到了骑士怀里，说："现在你就不再是空空的了！空空骑士，从今天起，你就是我最好的朋友，我也是你最好的朋友。"

空空骑士再次从她的拥抱中挣脱开来，不耐烦地说："我再说一次，小公主，我不喜欢这么亲昵的举动。而且，我已经有一个忠诚的朋友了，她就是无聊夫人，跟她待在一起，我从来都不会感到厌烦，她是这样奇妙……但在人群中就完全不一样了。拜托了，我从来都没有朋友。"

"我也是！所以我们的相遇才那么美妙，不是吗？"

"不，我不需要朋友。交朋友只会让我浪费时间，让我从生命中唯一重要的事情上分心。"

"什么事?"

"无所事事。"

空空骑士躺在地上，伸展了一下骨瘦如柴的胳膊和腿，像一年前一样，他吹起了口哨。但这次，不安公主也躺在他身旁，跟他一起吹口哨。

吹着吹着，到了不安公主回城堡的时间了。

公主"吧唧"亲了一下骑士，和他告别。

第二天，公主又来找骑士。

第三天，她也来了。

一天又一天。

不安公主爬上山丘，用很大、很夸张的声音呼喊骑士，没过多久，空空骑士就从一片树丛，或一棵空心树的树干里冒了出来，或者出现在她背后。

他们躺在地上吹口哨，一吹就是好几个小时。

有时候，他们数松树的针叶。

骑士用两只袖子把镜片擦了一遍又一遍，但从来都没法把它们擦干净。

他们在地上挖了一个坑，只是为了再把它填满。

他们跟在一队蜗牛的后面。

他们观察雾气反复无常的变化。

总之，很多事情，他们都不做。

但他们总是全神贯注，非常专心。

空空骑士决定什么都不做，不安公主就跟着他什么也不做。

有时候，从不露面的无聊夫人陪伴着他们。

"这位无聊夫人为什么从来都不现身呢？"不安公主每天都会问一次。

"因为她不是人类，跟我们不一样。"空空骑士回答说。

"她是天使吗？"

"小公主，天使是不存在的！"

"那她是什么啊？"

"就是……就是我们可以信任的人。"

"难怪她的味道像仙客来！"不安公主感叹说。

他们沉浸于无聊夫人的怀抱，时间好像停滞了，但那只是对他们而言。无聊夫人在耳边跟他们开玩笑，让他们沉默，产生新的想法，带来寂静，激发想象，又带来寂静。

"骑士，你想象一下，要是我们长头发的地方长了牙齿，长牙齿的地方长了头发，那我们看起来得多可笑啊？"

骑士想象着。

"看！那片云的形状像独角兽，太漂亮了！"

"那有什么啊！云就是云，只是一团气！"他嘀咕说，

"你给我讲讲独角兽的故事，这才是我感兴趣的。"

小公主编了一个"云彩独角兽"的故事，空空骑士闭上

眼聆听。

那些日子是那么空寂，也是那么充实。

他们虚构一些小故事，讲到天外有什么。也许，天外是

另一个星球，那里的人牙齿长在头上。或者天外有天，也许

那片天空是绿色的，也可能是黄色的。

就这样。

他们聊啊聊，从来都不说真实存在的东西。

一切都是他们创造出来的。

比如云彩和树干的形状，它们形成的原因和理由，还有天气。

公主每天晚上睡着后，每天早晨醒来前，都感觉有一只温暖的手在抚摸她的头发，她知道是谁在爱抚她：是王后，她最爱的妈妈。

虽然妈妈已经不在了，但她觉得妈妈一直陪伴着她。

日子就这样一天一天过去了，就像一首不断重复的歌。

看到不安公主又开始笑了，奶妈、厨娘和王国的子民都很高兴。大家都说，公主状态很好，前所未有，但……但她的变化太大了。

已经好几个星期了，她吃饭，然后乖乖睡觉。

她不会太饿，也不会太渴。

她不会太想玩，不会太想哭，不会太想笑，不会太急躁，也没太多的事情想问，或讲给别人听。

她静静待在房间里，在那个神秘的笔记本上，写满了一页又一页。

每天早上起床后，她从城堡出去，在天黑之前，她吹着同一首小曲回到城堡……她变成了一个跟其他满意娃一样的满意女孩！

"她可能长大了！"奶妈说。

"我觉得，她准备跟我们搞一个……恶作剧。"一个厨娘说。

"她是不是……疯了？"另一个厨娘说。

事实上，不安公主既不是长大了，也不是疯了，也没有准备搞任何恶作剧。

她只是纯粹、彻底觉得无聊了。

她发现她可以无所事事。

因为无聊夫人的缘故，他们在山丘上编故事，回到城堡后，这些故事也会浮现在她脑海里，比偷旗游戏还让她着迷。她每天晚上都把这些故事记在笔记本上，免得忘了。

但尤其是，还有一个非常重要，极其特别的变化。

公主找到了一个朋友。

友谊比月圆之夜更迷人，比圣诞节更美好！

友谊是月圆之夜和圣诞节加在一起！

它就像新年和夏日的第一天一样令人期待！

但和空空骑士一起，最好不要聊这个话题。

"骑士……你觉得我奇怪吗？"有一天，她轻声问。

"我们都很奇怪。只要想一想，我们轻松自然地生活在一个巨大的球体上，眼睛都不眨一下，就能保持平衡；我们的脚都很臭；我们自然而然地拉屎：解开裤子，弯下膝盖……你为什么问我这个问题？"

"那些满意娃觉得我很奇怪，他们从来都不喜欢我。"

她说出了心里话。

"满意娃是谁？"

"就是那些……正常的孩子。"

"什么叫作正常的？"空空骑士瞪着眼睛，看着她，"他们不拉屎？他们的脚不臭？"他挠挠他稀疏的头发，他没听明白。

"意思是，他们不会哭得太多，不会笑得太多，也不会想得到太多……"

"他们也不会太烦人吧？"骑士打断了她。

"对！满意娃从来都不会太烦人。"

"小公主，那他们可比你好多了！"骑士大声说，发出一阵粗鲁的笑声。

但这次不安公主脸色变得阴沉，她没有和骑士一起笑，她说："事实就是这样，满意娃比我好多了。这就是为什么他们会躲着我。"

"你在胡说些什么呢？"骑士一下子站了起来，"谁也不比谁更优秀。我们都是两脚臭烘烘的废物，正因为这样，我们最好不要产生冲突，不要搅扰别人。"

"这不是真的。"不安公主说，"你不是废物，幸亏有你，我不再觉得自己是个废物。"

"一个废物加另一个废物等于一对废物。"骑士说。

"一个废物加另一个废物等于友谊！"不安公主反驳道。

"友谊是不存在的。"空空骑士像蜥蜴一样躺在太阳底下，他用一只袖子擦擦眼镜，说，"这世间不存在任何东西。人类觉得自己了不起，就好像我们最先来到这个世界，并最后离开一样。但我们在不在这里还不一定呢。"

"怎么会呢？我在这里，这是真的，太真实了。我和你一起，在这个山丘上。"

"小公主，山丘根本就不知道我们是谁。所以，我们可能在这里，也可能不在。我们所有的忧虑、奔跑、哭泣……

都没有任何意义，很可笑。你试试看：像山丘瞧我们一样，瞧瞧我们自己。"

不安公主闭上眼睛，她想象自己是某种庞大的东西，身上长着森林，四处分布着小路和溪流，树林里居住着数以千计的松鼠和野猪，太阳亲吻着自己，或是受暴雨鞭挞。

她重新睁开眼睛。

"怎么样？"骑士问她。

"确实是这样，对山丘来说，我们就是两个再小不过的生物，就像我们看两只蚊子一样。总之，我们就是一对废物。"不安公主承认说。

"所以说，蚊子不会担心另一只蚊子觉得自己很奇怪。两只蚊子间，你觉得真的存在你那么看重的、所谓的友谊？小公主，请你不要再用这个夸张的词了。好了，现在我们不说这些费脑子的事了，让我们享受山丘的宏大，还有我们的无比微小吧，我们好好待着，不做什么事。"

从那天起，公主再没有提起过那个夸张的词，但这只是为了骑士，因为她觉得，山丘怎么想都可以，无论如何，空空骑士是她第一个真正的朋友。

这就是为什么城堡里，大家都觉得她很奇怪。

这就是为什么，即使骑士让她什么都不做，她也会毫无条件地遵从，心满意足地和他一起无所事事。

尽管。

尽管，面对非常灿烂的晚霞，她很想像以前一样，跳一支踢踏舞来庆祝那么绚丽的夕阳。

倾盆大雨后，如果出现一道彩虹，她就想跑到跟前去，想看看彩虹的根到底在山谷的什么地方。

"你看，晚霞太美了……"她对空空骑士说。

"唉。太阳升起，太阳落下，它也干不了其他事情，我不觉得这有什么稀奇的。"他回答说。

"彩虹！"不安公主大声说。

"你别激动，那只是幻象！那只是光和水的廉价特效，专门骗你这种傻瓜！"空空骑士嘀咕说，"你编个关于彩虹的小故事，这样聊起来才有意思。"

不安公主编了一个故事。

跟往常没什么两样，无聊夫人一直守护着他们，空空骑士吹起口哨来，不安公主那颗太大太骚动的心已经愈合，感到一种特别的平静。

在她十五岁生日时，事情发生了变化。

一场盛大的宴会！

高大国王想要举办一场非常盛大的生日宴会：他召集了世界上最优秀的杂耍演员，有蒙古的小马驹，也有非洲黑色的小猴子。

　　天一黑，还会放出一万五千只萤火虫，简直可以和天上的星星媲美。

　　实际上，很长时间以来，国王沉浸在对王后的思念中，他疏远了一切，包括他唯一的女儿。国王要利用这个机会向女儿证明：他有多么爱她。同时也让他的子民知道，他们的国王终于走出了忧郁的深渊。

"空空骑士！空空骑士！"不安公主气喘吁吁地跑上山丘，呼唤着他。

这一次，骑士从一块岩石后现身，睡眼惺忪，鼻子上歪歪斜斜地架着眼镜。

"小公主，发生什么事了？怎么那么激动，你不觉得很可笑吗？"

"今天晚上，城堡将会举行一场盛大的宴会！"她上气不接下气地大声宣布。

"关我们什么事？"他边打哈欠边问，"先让我回去再睡一会儿吧，然后我再跟你一起无所事事。现在你要乖，回去吧。"

"骑士，今天是我的生日。"

"那又怎么样？"

"这是非常特别的一天！"

"为什么？我们的日子很可爱，那是因为每个日子都一样。"他说，他想回到岩石后继续睡觉。

但这一次不安公主太激动了。

她太期待这场宴会了，所以非常兴奋。

"才不是呢！这一天很特殊，我爸爸为我组织了一场激动人心的聚会！有小马驹、小猴子，还有一万五千只萤火虫！"

空空骑士走近她，把眼镜抬到额头上，盯着她的眼睛看了一会儿，说："小公主，你怎么了？发烧了吗？你有些神志不清。"

"这场生日宴会太让我激动了！"不安公主感叹说，"这场宴会一定会无比美妙。"

"无比美妙？"空空骑士瞪大眼睛看着她，"你说的这些都毫无意义。等到小马驹和小猴子都回到它们原来的地方，你还剩下什么？什么都没有！跟往常一样，还是什么都没有！你为什么要去折腾它们呢？"

　　"因为我想度过一个美妙的夜晚！你必须来，必须！"

　　"我？！"骑士笑了起来，还是他特有的那种粗鲁无礼的笑声。

　　"对，你当然要来。"不安公主心平气和地说，"你是我唯一的朋友，当然不能缺席。"

　　"小公主，听着，我们之间可能存在误会。当我无所事事时，你陪着我无所事事，我可以接受。但谁也不能让我分心，因为我唯一在乎的事情是……"

"无所事事享清福。"不安公主叹了一口气，帮他说出了后面的话。

"对。我一直以为，你想的跟我一样。"

"但我……"

"我一直以为，你受不了人类生活中的那些繁文缛节。一般人没有勇气用山丘的眼睛审视自己，但是你有。"

"但……"不安公主小声说，"但是……偶尔娱乐一下有什么不好，或者，难道这很过分吗？"

"娱乐并不会让我开心，就是这样。"

"为什么？"

"因为娱乐也很费事，过不了多久，我就会疯狂想念无聊夫人。我都能想象，组织这场有趣的宴会要操心的事，还有那些给小马驹刷毛的人，负责蛋糕和萤火虫的人……这一切是为了什么？"

"为了让我，还有所有客人开心。"

"开心？宴会最开心的时候是：所有宾客都离开了，大家都回去歇着了。小公主，我说错了吗？"

不安公主回想起她参加过的满意娃的聚会，其实也没几次：在宴会之前，等待的喜悦让她的心怦怦跳，但到了聚会的地方，她就感到格格不入，她觉得音乐为大家而奏响，不是单单为了她。那些在舞池里激情四射，在放烟花时激动万分的客人，到了告别的时候，从某种程度上来说，他们可能也……松了口气。

"那你觉得，人们为什么会举办宴会？"

"我再重复一遍，因为没人有勇气用山丘的眼睛审视自己。相反，大家都更愿意相信，自己比山丘更伟大，认为任何和他们相关的东西都值得注意。头痛、一场偷旗游戏，还有你喜欢用的那个夸张的词——友谊……那只是他们自己觉得很重要。小公主，你好好想想：一个正常人，是不是会在乎其他人头痛，或者别人玩的偷旗游戏？"

"对我来说，如果你头痛，我会很在乎。你来不来参加我的生日宴会，我也会很在乎。"不安公主仍然不放弃。

"小公主，你听我说。"他用袖子擦了擦眼镜，镜片变得更脏了，"我永远都不会去参加你的宴会。我不会和那些渺小的人——那些就像你我一样渺小的人混在一起，他们以为自己比山丘更大……你知道吗？他们发明了一个小机器，通过它可以和远方的人聊天。他们还发明了一种疯狂的方法，可以公布他们每天想的蠢事，睡醒时的心情，还可以展示自己的自画像。"

不安公主点点头："在王国里，现在每个人都有那个小机器。让别人看到自画像的玩意儿，更多时候是一种方便的聊天工具，叫'表情书'。只要在床单上画下你的脸，写下你所想的，挂在窗台前就可以了，满意娃简直离不开它。"

　　骑士挠挠胳膊，好像突然特别高兴："你想象一下，这个小山把它的心情写在一张床单上，让其他山丘看：今天有点忧郁，明天可能会很开心，因为要去度假了，诸如此类的事情。你可以想象这有多滑稽吗？但人类却坚持这样做，他们通过那个小机器说个不停。他们有什么可说的呢？鸡毛蒜皮的事，臭味，混在鸡汤里的糖果！就这些了。他们反而觉得这是最重要的事情！

如果无所事事，那就糟糕了！一个人静静地待会儿，安安静静地呼吸，那也不得了！他们没有办法接受。他们把无聊夫人当作巫婆、怪物和恶魔，会把他们吓坏的！

所以他们总想要挤在一起，紧紧挨着，想说点什么，做点什么。他们把脸画在床单上，然后看看其他人的床单上写着什么，或者去参加他们巴不得快点结束的聚会。为什么呢？这就是因为他们害怕无聊夫人，畏惧他们心中的空洞？但正因为如此，他们心中的空洞永远不会变成一个秘密通道！当他们挤在一起，什么都想要的时候，他们就失去了生命里唯一重要的东西。你知道是什么吗？"

"我知道，我知道是什么。"公主用一丝微弱的声音回答说。她内心有一种东西正在蓄力，它已经很久没有发作了，那是愤怒，但不是纯粹的愤怒。那是一种愿望，夹杂着害怕，像一团火焰，一场大雨。就是那个东西，让人有点不安，那种情绪占据了她的头脑、胳膊、双脚，直至全身，她的脸像樱桃一样红。

空空骑士惊恐地看着她。

"你明白了吗？"不安公主继续说，"我希望你来参加我的生日宴会，就算其他宴会是不合时宜的，但这次宴会将会无比正确，无比美妙，因为这是我的生日宴会！"

骑士笑了笑，但与平常不同，他半张着嘴，有些悲伤。他说："小公主，有时候我们会感觉自己高人一等，恰恰这个时候，我们就变得跟他们没什么两样了。"

但不安公主不想听他说的话，她太失望、太生气、太伤心了。

"我每天都陪着你，我们无所事事，虚度时光已经一年了。这是我请求你和我做的第一件事。如果你不来参加我的宴会，那你不再是我的朋友。"公主瞪大了黄色的双眼，一字一句地说。

"我从来都不是你的朋友，所以不存在这个问题。"骑士回答说，他躺在地上，背对着她。

不安公主再也无法忍受，朝他的小腿踢了一脚。

不安公主跑开了，她急匆匆地回城堡去了，去准备那场盛大、难忘的宴会。在离开之前，她大声说："你永远都会是空空，除了那个根本不存在的无聊夫人！你永远都不会有朋友！"

她背后响起了空空骑士的声音，这是他第一次大喊："你永远都会是不安公主，满意娃会对你退避三舍，他们做得对。谁认识你谁倒霉，你简直就是一场灾难！"

"真是太讨厌了！"公主在山丘下大喊，"我会把所有日记都撕掉，我在那个该死的笔记本上记下了我们所有的故事，我真是太蠢了！"

"骗子！"空空骑士从山丘顶喊道，"你根本就没明白无所事事的幸福，你只不过是一个被惯坏了的小公主，你只想要一些新体验、新刺激！你简直被惯坏了。"

"你赶紧走吧，走吧。你的生日宴会结束后，玩尽兴了之后，拜托了，你要在窗户上挂张漂亮的床单，写上你有多开心！"

生日快乐！

宴会结束后，不安公主重新回到她的生活，好像空空骑士从来没出现过一样。

她重新开始上希腊语、俄语和日语课。

她重新开始在黄昏时跳踢踏舞，强迫奶妈、厨娘和她一起玩偷旗游戏。

以前她会经常微笑，她太爱微笑了。

或者哭泣。

但现在，她脸上只有一个表情。

一个黯淡的表情。

没有无聊夫人的守护，她再也无法想出任何小故事，可以在孤独时陪伴她。关于外面的世界或动物形状的云彩，她再也没有任何新的创意。

她的脑子好像被掏空了，或者说填得太满了，她心事重重。那些心事都阴沉而且尖刻，就像她越来越阴沉尖刻的脸。

就这样，她在城堡的楼梯上上下下，想啊想，想得太多了。她总是在想空空骑士，要是他现在出现，她肯定不会满足于只踢他一脚，她会踢他一千脚！

"我恨他！"她一直重复说，"他只是个倒霉鬼，一个小丑！他说我是骗子，他才是骗子，他才是！他才是真正的骗子。他一个劲地说，我们都是一样的，但他觉得自己天下第一。他高高在上，目空一切！一个整天无所事事的人，能教给我什么呢？我再也没办法跟他一起虚度光阴了！真是太浪费时间了，这个世界上有那么多事可以体验！"

终于，那些数不清的经历和体验，再次回到了她身边，等着她去做。现在她终于长大了，可以去尝试小时候不能做的事情。

她可以跟着高大国王四处旅行，而不是整个下午都和那个懒洋洋的骑士一起吹口哨，这简直就是一种解放！

她要阅读世界上最伟大的希腊语和俄语著作，这类书籍浩瀚无边，读起来简直就是一种享受！因为无聊夫人，她编造的小故事简直太小儿科了，和那些伟大的著作没法比。

她一个人骑上鹿，第一次从最危险的斜坡上飞快冲下来，简直太痛快了！而不是在山丘上打瞌睡，数松针打发时间。

虽然有这些新的刺激，但她的脸色一天比一天灰暗。

直到有一天，高大国王忧心忡忡地对她说："我的女儿，也许你需要人陪伴，你不觉得吗？为什么你不在窗户上挂个床单，和那些年龄相仿的满意娃一起交流呢？"

对啊！她怎么之前一直没想到呢？

她听从了爸爸的建议，也是为了挑衅空空骑士，不安公主当天就在窗台前挂了一张漂亮的床单。

　　好啊，现在她也有表情书了。

　　她给自己画十幅、一百幅自画像，然后再展示出去，多有意思呀！

　　她写啊写，床单上写满了东西，想到什么写什么。

　　"昨晚我没睡好，我太累了。"

　　"今天奶奶病了，我太担心她了。"

　　"我的膝盖太痒了！"

　　"我太想吃巧克力松饼了！"

　　然后呢？

　　满意娃终于开始理她了！

　　她展示的每张自画像，写在床单上的每句话，他们都会从窗口对她竖起大拇指，就好像在说：你很棒，你真的很有意思，太有趣了。

你是我们中的一员！

就这样，不安公主不再迈出房门一步。

她不再跟着爸爸去旅行，不再骑鹿飞奔，也不上希腊语、俄语和日语课了。

她每天的日子就是尝试各种发型和表情，摆好姿势，给自己画张漂亮的肖像。她披散着头发或者扎着辫子，斜着眼

睛或者把嘴巴张得大大的，她想让她的床单成为王国里最有特色、最精彩的，她一直站在窗台前，数着有多少人给她竖了大拇指。

奶妈不得不用托盘把早饭、午饭和晚饭端到她房里，她连句感谢的话都没有，她的心思全在床单上。

她的脸色从灰暗变成了苍白。

几乎成了透明的。

直到有一天，她的房门突然被打开了。

高大国王进来了，他把床单从窗台上扯了下来，大声说："不安公主，你该嫁人了。"

公主生气地用手指抓住床单，坚持不放手，但国王毫不动容，也毫不让步。他把床单揉成一团，走到城堡入口的大壁炉前，把它丢进了火里。

当火焰吞噬着她的画像和她写的话时，不安公主绝望地问："爸爸，为什么？你为什么要这样对我？"

"因为你已经十五岁半了，你太孤单，太不幸福了。"国王不动声色地回答。

"才不是！"公主反驳说，"因为有这张床单，我交了很多朋友。"

"现在你没有床单，他们还是你的朋友，不是吗？你为

126

什么不邀请他们来找你玩？"

"他们太可怜了！他们忙着弄他们的床单，没时间做别的。他们很开心，我也很开心！"

"开心？你的脸色看起来就像幽灵一样！"

她爸爸把她推到一面镜子前。她一直忙着画像，已经很久没好好看过自己的脸了。

的确是……太苍白了。

黑眼圈太深了。

脸太瘦太尖了。

"我的天……"公主轻声说。

"我的女儿啊，你从生下来就没法静静地待着，不是吗？"高大国王说。

根本不是这样。不安公主本来想告诉爸爸之前发生的事情，在山丘上，她和空空骑士什么都不做，她也能安静下来。但由于后来发生的事情，她已经把空空骑士看作她最大的敌人，她不想提到他，所以她点了点头。

"我小时候跟你一点也不一样，我安静得多，我是个满意娃。"国王继续说，"在遇到你妈妈前，我的生活总是缺点什么。"

"缺什么？"公主不知道爸爸想说什么。

"我的女儿，我缺的就是爱。只有当你找到真爱时，才能治愈这种疾病，摆脱那种疯狂不安。自从你生下来，这种不安就一直搅扰着你的生活。"

壁炉里的火焰更旺了，她盯着已经化成灰烬的床单。

然后她盯着爸爸。

她盯着镜子里自己的脸，太苍白了。

她说："好吧，爸爸，我要找个丈夫。"

应召者从王国各地赶来，还有其他国家的人。

高大国王、奶妈和厨娘负责筛选，看这些人适不适合向公主求婚。

他们提问，让这些小伙子回答，展示自己的口才，还让他们唱歌跳舞。

最后他们再做决定。

经过长达数月的面试和测试，在三千零一十四个应召者中，他们选出了五位候选人。

133

Part3

小姑娘，你错了！你知道生活最大的风险是什么吗？

"是什么？"

就是生活本身！

时间一天一天过去，不安公主确信爸爸是对的：爱，唯有爱能拯救她。她迫不及待想和这些求婚者见面。

因为，现在她只想坠入爱河，她只想被拯救。

好玩王子来自一座小城市，那里迷雾萦绕，人们靠讲笑话打发时间，保持心情愉悦。

他出现在不安公主的眼前，眼睛一直打转，鼻子像野猪一样向前探着，总之，样子非常吓人，公主从来没见过这么吓人的脸。他说："我可是一个内心善良的人哦！"

不安公主哈哈笑起来了，她觉得太有趣了。

国王规定，每个求婚者都要带公主旅行三十天，让公主更好地了解他们。旅行结束时，不安公主就会发现她是不是坠入了爱河，是不是找到了未来的丈夫。

　　不安公主和好玩王子坐着四只鸵鸟拉的车子出发了。每到一个拐弯的地方，鸵鸟就会停下来扭屁股，逗公主笑，公主已经很久没有这样开怀大笑了。

　　就这样，他们来到了一座城市，城市里有一座很大的月亮公园，公园里有个摩天轮。

　　"冲啊！"好玩王子抓住不安公主的手，大喊着把她拉到电动小火车跟前，这辆小火车是蜻蜓造型的。他们游览月亮公园，好玩王子把旋转木马，还有数不清的好玩东西指给她看，答应她要玩遍所有项目，不错过任何一个！不安公主看看他，又看看周围，看了看周围，又看了看他，黄色的眼睛睁得大大的，充满了惊异。

　　他们在摩天轮脚下的一家小旅馆住了下来，在摩天轮上

能看到整个城市。每天早上，好玩王子一醒来就去敲公主的门，如果公主还没准备好，他才不会让她慢慢准备，他会强行把她拉出去玩，有时候她还穿着拖鞋呢！

不安公主笑啊笑，笑个不停。

她跟着王子，愉快地登上过山车，进入魔法屋。

他们让女巫看手相，吃棉花糖，吃到咽不下去。每天结束时，他们和美人鱼还有小丑一起跳舞，跳得大汗淋漓，筋疲力尽。他们喝当地的特色酒——黑莓浆，喝得酩酊大醉。

"我从来没喝过……"第一天晚上，不安公主说。

"喝吧，你肯定不会后悔的。"好玩王子向她保证。

我们都知道，公主不是一个适可而止的人，她一口气喝完了一整杯黑莓浆，然后又一杯下肚了。

她左一杯右一杯，一眨眼就喝完了一整瓶，好玩王子又要了五瓶。

黑莓浆真是令人陶醉。

　　不安公主喝得上了头，黑莓浆冲散了脑子里的忧伤，把那些伤心事一扫而空，只留下那些让她笑个不停的事。她只想做一些傻事：在卡拉OK里唱到天亮、手拉手倒退着走路、穿着衣服跳进月亮公园的小湖里。

　　那天晚上，喝到第七杯时，不安公主情绪高涨，感觉到肚子里一阵涌动，像浪潮一样。

　　她看着正在喝黑莓浆的好玩王子，好玩王子一边喝，一边与她聊天，逗她开心。

她感觉肚子里的浪潮越来越强烈，一次两次……一百零七次……一千次。

也许，这就是爱情来临的感觉？

当然了！这就是爱情！

这是一种新的渴望，与之前那些让她躁动不安的渴望截然不同!

其他渴望，驱使她追求那些不存在的东西；而爱情，让她想要拥有眼前的人!

毫无疑问，这个人就是好玩王子。

因为有了他，她现在终于觉得生命完整了。

甚至，太完整了!

多亏了他，现在她终于做回了真正的自己：不再是那个郁郁不乐的公主，总是在寻找太多的东西。不! 所有人都错了! 她只是一个喜欢笑，喜欢唱歌，喜欢喝黑莓浆的女孩!

不安公主把好玩王子拥入怀中，亲了他一口。

他假装昏倒。

她笑了起来，继续亲吻他。

从那天晚上起，他们就睡在同一个房间的上下铺。

啪！

清晨，好玩王子刚一睁开眼睛，就从他的床上悄悄溜下来，挠公主的脚心。不安公主笑着醒过来，就这样开始新的一天。

他们不停地接吻，无论是在探索月亮公园的角落时，喝黑莓浆时，还是在小湖里游泳时。

好玩王子给她讲述了他生活的那座迷雾缭绕的城市，公主迫不及待，真的是迫不及待地想要搬去那里，和他一起生活，听他讲笑话，一直幸福地相爱。

"我爱你！"他对她说，他们从一个游乐项目转到另一个。

"我爱你！"她说，那时候，她不知道自己喝了多少杯黑莓浆。

他们不停地笑呀笑，笑呀笑。他们紧紧抱在一起，笑着睡去。

直到有一天。

直到有一天早晨，好玩王子从床上下来，和往常一样，挠了挠不安公主的脚心。

而她呢？

不知道为什么，她抬腿给了他一脚，轻轻地，但踢得很准，正中鼻头。

"你怎么了？"他惊讶地问。

"别烦我！"不安公主说。

"为什么？你以前很喜欢我挠你脚心啊！"

是的，她以前很喜欢……

那么，她现在为什么踢了他一脚呢？

难道是因为忽然间就不喜欢他了，她觉得有些厌烦，甚至非常厌烦吗？

够了，够了。还不如去洗把脸，冲走那些毫无意义的问题。

公主向好玩王子道了歉，亲了他一口，然后和他一起去探寻月亮公园的一个新玩意儿：一个装饰得像美国西部的巨大房间，里面有一大片沙漠和很多匹马。

但事实上，她觉得，这里已经没有什么东西能让她激动起来，不仅仅是那个大房间，整个月亮公园都让她觉得没意思。

这个地方也太假了吧！

以前，城堡周围的树林完全不同，在那里，她只要骑上鹿，就可以出去逛，去的那些地方比这里美丽真实一千倍！

突然，她无比想念空空。

那天晚上，好玩王子刚停止笑，就开始打呼噜了。她低声地呼唤着骑士："空空……"

"空空骑士……"她通过心中的秘密通道呼唤他，"你还生我的气吗？"

我生你的气？

这就是他的声音！

是的！是空空骑士的声音！

你以为你是谁啊，有能耐让我生这么久的气？

那个声音消失后，不安公主再次听到了骑士发出的粗鲁笑声。

这与好玩王子的笑声是如此不同……是如此……亲切。对，难怪！她突然觉得，王子的笑是虚假的，让人很难理解。

"骑士，你知道吗？你跟我说，你娱乐时并不快乐，也许我明白你想说什么了，因为，那的确让人很累……"

你真是用了很长时间才明白这一点，是吧？你甚至还冒犯了无聊夫人……

"她生气了吗？"

怎么可能……她可是一位伟大的女士。不管怎么样，我觉得你应该和她重新来往。

"你这样想的吗？你不知道，这段时间发生了多少事啊！"

你应该记住，我只关心那些不会发生的事。

"我当然记得，但……发生了一件很重要的事。"

什么事？

"我恋爱了。"

噢，可怜的小公主！在人类所有的谎言中，最大的谎言就是所谓的爱情了，不是吗？但你别担心，这也会过去的。

"问题是，我感觉已经过去了……以前，我的肚子里总是有不断涌动的浪潮，但现在没有了。"

然后呢？

"然后，突然，我发现我的肚子又空了。"

唉，傻公主，你还是没有明白。

"什么？"

那种空虚，并不是一种不幸，而是一种福气！你还记得吗，你当时有多害怕心中的空洞？

"当然。今天晚上，因为那个洞，我才能和你说话……"

正是如此。因为失去妈妈，你的心里才出现了一个洞……

但肚子里的空虚，没什么可以解释的，因为我们生下来就是这样，我们每个人都有，就像我们有两条腿和两只胳膊一样。

"我讨厌那样。"

你怎么会讨厌它呢？那种空虚就是你。

"我就是讨厌！"

你还想继续惹麻烦吗？生日宴会，挂在窗户上的床单，你还没折腾够吗？

"你怎么知道的？"

亲爱的，不知者无所不知。现在你要振作起来，收拾好你的东西，明天就回城堡。难道你真的想这样嘻嘻哈哈，喝糖浆过一辈子吗？你忘了什么都不做的甜蜜了吗？

"但是……"

但是什么？

"我非常想笑！喝糖浆能消除所有让我不开心的事！"

你要接受肚子里的空虚，重新和无聊夫人交流。你要相信我，如果你最后还是无法放弃那种需要，那你就喝吧，就笑吧。但你不会需要的，因为"需要"只是一种幻觉，迟早都会结束，或者让人筋疲力尽。最后，不是你累了，就是那些不幸认识你的倒霉鬼烦了。小公主，我有点受不了，现在让我回去享受什么都不做的甜蜜吧。

"想笑和需要笑之间有什么区别？"不安公主问他，但没得到回答。

"骑士！骑士！"她一整夜都不停呼唤他。

第二天早上，轮到她叫醒好玩王子，她爬到他的床上，对他说："我想回家。"

忧郁伯爵来自一个隐秘的小镇，这个镇子位于王国里最高山峰的山顶。那里有一种罕见的现象，太阳总是悬在半空的位置，好像要掉下来一样，但它从来没有掉下来过，一直悬浮在永恒的晚霞中，真的非常奇特。

155

国王倒是希望不安公主生活在那里，因为她一直喜欢天空的颜色。

年轻的忧郁伯爵来到城堡接公主，他们徒步走向那座山峰。

"还有很远吗？"不安公主问，她只是想找点话说，因为他们已经默默走了六个小时的路了。

"其实，我也不知道。更确切地说……我知道……但是……"忧郁伯爵忽然啜泣起来了。

这是什么意思？！

不安公主可没料到会出现这样的状况！

"你为什么要哭？"她问忧郁伯爵。

"因为我心里很乱……我不知道，到底还要多长时间才能到山顶，我害怕……我害怕你会生我的气……总之，我只想让你开心……但我能做到吗？或者是我太令人失望了？"他的两只胳膊伸出来，抱住了她的脖子，在她的汗衫上擤鼻涕。

这时候，不安公主再次感到肚子里一阵涌动，的的确确是这样，她紧紧抱住他。

"你太敏感了！"公主说，"我走路一点也不累，我相信我们很快就会到的，不管怎么说，这都是一次令人难忘的旅行！我们走，加油！"忧郁伯爵像一片树叶一样柔弱，公主走了很多路，历险无数的事情，她强壮有力，最后是她把忧郁伯爵抱上了山顶。这时候，永恒的晚霞照射在他们身上。

看到眼前的景色，不安公主还没来得及惊呼，这时候，忧郁伯爵的妈妈从一栋小房子里走了出来，她没和公主打招呼，甚至没有看她一眼，她很焦急地看着儿子。

"宝贝，你怎么样了？"她问，"你眼睛通红，是不是哭了？"

终于，她转过身，对公主解释："像你们这个年纪的孩子，都毛毛躁躁的……但我儿子不一样，他的感情很细腻，像花儿一样娇弱。遇到他是你的运气。"

最初不安公主也是这样觉得的，她很走运。

好玩王子只知道搞笑和买醉。

但忧郁伯爵是一个很有内涵的人！

真的让人感动！

他讲述他的小时候，爸爸抛弃了妈妈，真的太悲伤了！关于永恒晚霞的颜色，还有色彩的细微差别，他可以说一整天！

一天，不安公主问忧郁伯爵，天外有什么——空空骑士曾经问过她这个问题……忧郁伯爵的嘴唇开始颤抖，不知道该说什么，因为他没明白公主的问题，一想到会令她失望，他就很痛苦。

他就是这样脆弱敏感！

有时，他们一起散步，无缘无故，他也会突然哭起来。

"别这样，别这样。"公主轻声安慰他，"发生什么事了，你可以跟我说说吗？"

忧郁伯爵提起一段童年回忆，上幼儿园时，满意娃都捉弄他，因为他看起来最柔弱。他还告诉她，之前他跟一个满意女孩谈过恋爱，但后来她提出分手，什么都没解释，这伤透了他的心。

不安公主试着让他想开点。

"该羞愧的是那些满意娃和那个满意女孩！遇到你这样的一个人，简直太难了，他们配不上你！"她温柔地说。他看着公主，眼里带着泪水和感激。她感到肚子里涌动的浪潮越来越强烈了：一次两次……一百零七次……一千次。

这是爱情吗？

是的：是爱情！

这是一种新的渴望，与之前那些让她躁动不安的渴望截

然不同！

　　其他渴望，驱使她追求那些不存在的东西；而爱情，让她想要拥有眼前的人！

　　毫无疑问，这个人就是忧郁伯爵。

　　因为有了他，她现在终于觉得生命完整了。

甚至，太完整了！

多亏了他，她现在终于做回了真正的自己，不再是一个笨蛋，就像之前和好玩王子在一起时那样，只会玩乐。不！她是一个敏感深沉的女孩，她想保护和帮助比她更敏感、更深沉的未婚夫！拯救他，才能拯救自己！

自从公主来到这座山上，脑子里所有糟糕的想法都被赶走了，她的脑袋完全被忧郁伯爵的问题占据了。

　　不安公主在努力解决这些问题，她觉得自己的作用太大了！

　　睡觉前，忧郁伯爵会握住她的手，因为他害怕得睡不着，这时候，她会感到无比甜蜜！

　　睡醒后，他就会给她讲他做的噩梦，然后一起分析他为什么会做这些梦。

　　直到有一天。

　　直到一天早晨，忧郁伯爵正在讲他前一天晚上梦到的可怕狮子，不安公主忍不住不耐烦地叹了一口气："喊！"

　　她也没想到会这样，那声叹息是自己冒出来的！

　　"喊！"她说，但她马上就道歉说，"对不起，我不想那样说的。"

　　"但是你说了！"忧郁伯爵哽咽起来，他开始啜泣，然后过来抱着她，在她的衣服上擤鼻涕，和他们刚相遇时一模一样。

　　但这次不安公主一反常态，她觉得很恶心！但她可没说出来，怕又伤害了他。

　　整个下午，他们都待在床上，因为忧郁伯爵受的打击太大了，连起床的力气都没有了。

不安公主听他说话，安抚他，让他冷静下来，她用爸爸的名义发誓，她真的不知道怎么会说出那些话。

因为事实上她的确不知道。

但是，那确实是她想要不停重复的，现在也想说：喊！

喊，喊，喊。

忧郁伯爵一边说，一边用汗衫擤鼻涕，他说，他感觉太糟糕了。这时候，窗外照进来的霞光也让公主感到有些厌烦。

突然，她无比想念空空。

她假装去上洗手间，她关好门，马上通过心里的秘密通道呼唤他："空空骑士，空空骑士！"

小公主，你真吵！这次又发生什么了？

一听到空空骑士的声音，不安公主马上就振奋起来了，她说："我恋爱了。"

又恋爱了?

"对。但我知道,这次我又错了。"

明白了吧,我早就告诉过你了。幻象在消失时是最美妙的,你不觉得吗?

"不,才不是呢。我还是觉得,只有爱能拯救我们的生活。"

拯救我们的生活?我们的生活有什么危险?

嗯……这个她得好好想一下。

她一直觉得有一种非常危险的东西在威胁着她，的确如此，但她根本就没办法确切说出，那个东西是什么。她只知道，她要一直与之斗争，一刻也不能停止。她试着回答这个问题："就是……我们会变得孤独和不幸……的这个风险。"

小公主，你错了！你知道生活最大的风险是什么吗？

"是什么？"

就是生活本身！

"你说什么？生活的风险……是生活？！"

对，小公主你真是个笨蛋：生活的风险就是生活本身。只要我们还活着，我们就好好活着，不去想这个问题。要不然，你想和你未婚夫一样吗？不停地发牢骚？

"但他是个很可怜的人，他需要抱怨，因为他太敏感了！我对他来说很重要，我需要这种感觉！"

那你就不要在意什么风险。如果你无法放弃那种需要，那随便你，你想让别人依赖你，那也没事。但你不会需要的，因为"需要"只是一种幻觉，迟早都会结束，或者让人筋疲力尽。最后，不是你累了，就是那些不幸认识你的倒霉鬼烦了。

"告诉我！骑士，求求你，这次你就告诉我吧！'需要'和'想要'之间的区别到底是什么！生活的风险就是生活本身，这是什么意思？骑士……"

但很显然，骑士已经走了，去享受无所事事的甜蜜。

这时候，忧郁伯爵开始敲洗手间的门，哭得声音都变嘶哑了。

"你在哪儿？不安公主，你在哪儿？你也会像那个满意女孩一样抛弃我吗？"

不安公主打开门，拥抱了他，对他说："很抱歉，真的是这样。"

在规定时间之前，不安公主已经第二次独自一人回到城堡，但国王非常看好第三位求婚者。

正义公爵真的是一位值得尊敬的人。

他来自一个遥远的国家，但他不再关心自己的祖国。因为，当他还是个孩子时，他目睹了一只燕子毫不犹豫地吞掉一只无辜的瓢虫，他就知道，这个世界充满不公，他对此深感愤慨。

他的第一次抗议行动是针对学校，他希望取缔成绩单。

"为什么一些孩子分数高，一些孩子分数低呢？我们都是平等的，让我们在有优劣之分的环境下成长，根本就不公正！"他向老师提出挑战。

老师向他解释，成绩单只是催促人学习的一种存在，正义公爵双腿交叉，站在教室外面，宣称只要成绩单还存在，他就不会动。

就这样，他不吃不睡地站了一个星期，最后，他的父母不得不把他抬走。

"你们没有权利这样做！"正义公爵大声喊道。

第二天，他离家出走了，整个世界都成了他的祖国。他四

175

海为家，住在帐篷里，和遇到的所有不公正的事情进行斗争。

穿过树林和田野，他看见很多动物像那只燕子一样，吃掉那些比它们弱小的动物。他决定要说服它们，让它们明白，那样做是不正义的，是绝对错误的。

为了以身作则，他只吃浆果和苹果，以此表达对动物朋友：鱼、小猪和其他动物的尊重。怎么可能会这样？面对一盘炸丸子或一条烤鳟鱼，人们不都是会毫不犹豫地吃下去吗？

他越长大，就越来越清楚，人类是所有动物中最危险的。

因此，他经常去法院参加审判，当被告被送进监狱时，他会起身喝彩。

他只喝水，因为在色彩鲜艳的果汁里，充斥着不良商贩的利润，他们根本就不关心人的健康，只不过想赚钱而已，根本不管别人喝了会不会生病。

"这个世界本应该是另一副样子，但现在却如此糟糕，充满了各种问题，你觉得这可能吗？"不安公主刚一进到正义公爵的帐篷，他就这样问。

"不，不可能！"不安公主回答。他们一起旅行，旅行途中，不安公主黄色的眼睛睁得大大的，充满爱慕地听着正义公爵维护正义的故事。

"和我一起为拯救人类战斗吧！"他满怀豪情壮志地说。

不安公主感觉肚子里涌起一阵浪潮：一次两次……一百零七次……一千次。

这是爱情吗?

是的:这是爱情!

这是一种新的渴望,与之前那些让她躁动不安的渴望截然不同!

其他渴望，驱使她追求那些不存在的东西；而爱情，让她想要拥有眼前的人！

毫无疑问，这个人就是正义公爵。

因为有了他，她现在终于觉得生命完整了。

甚至，太完整了！

因为他，她终于能做回真正的自己，她不再是个小女人，就像她之前和忧郁伯爵在一起时，只关心她的未婚夫，还有他那些毫无意义的问题。不！她是一个严肃、忙碌的人，她关心的是整个地球的问题，她要斗争，让善战胜一切。

正义公爵首先对她说，在这个国家里，女人必须留长头发，和男人穿不同的衣服，他觉得这毫无道理。男女平等！女人必须获得尊重！听到这样的话，不安公主一剪子就剪掉了她的长发，开始穿正义公爵的长裤和衬衣。

咔嚓！

每天早晨，不安公主跟着正义公爵在城里四处转悠，寻找富人的别墅。他们藏到花园里，等富人一出门，就往他们身上丢装满果汁的气球。

他们只吃茴香根和胡萝卜。

下午，他们总是会加入某个游行队伍，揭发某种罪行。不安公主挽着正义公爵的胳膊，大喊："反对汽水里的气泡！反对食用牛排！反对丢垃圾时，不把纸和纸板分类！"

"诚实！"不安公主大喊着，她表情激动，眼中燃烧着狂热和激情。

"正义！"

"尊重！"

在这之前，不安公主好像没有真正生活过。

"认识你之前，我只是一个又自私又愚蠢的公主！"她对正义公爵感叹道。

"的确是这样。"他回答说，"但路还很长，任重而道远，我们要永远努力下去。"

事实也是如此，他们一直都在努力。

但是，直到有一天。

但是，直到有一天，他们在一个游行的队伍里，捍卫遭到迫害的蚊子朋友。不安公主的目光落在一家快餐店的橱窗上，那里画着一个红色汉堡，又大又圆，非常显眼，汉堡周围围着一圈金灿灿的炸薯条。

"罪人！罪人！"她旁边的正义公爵大声喊道，声讨那些不与蚊子讲道理，残酷地拍死它们的人。

"罪人！"她也抗议道。但是，之前她肚子里有一千个浪潮在涌动，现在，她肚子里只有食欲在涌动，还有对汉堡难耐的渴望。只有在这个时候，她才意识到，她的两条腿已经疲惫不堪了。

她渴望洗一个香喷喷的热水澡，把柔软的头发浸泡在水里，但她知道那再也不可能了，因为头发已经剪掉了。

忽然，她无比想念空空。

她退出游行队伍，蜷缩在街角，这次，不安公主用不着呼唤他，空空骑士戴着脏兮兮的眼镜，出现在她的心里，开始和她说话。

小公主，我正在等你呢。噢，看看你现在成什么样子了，头发那么短，我可能得叫你……叫你小王子了？

骑士还是像之前那样，肆无忌惮地笑了起来。

不安公主也笑了起来，说："我看起来真的像个男生吗？"

你看起来像什么，我并不关心，只是，你已经不是你

了。"不是"和"无为"区别太大了。

"求求你了，别让我猜谜语了！"

小公主，我没让你猜谜语。我只想跟你说，你做得越少，才越能找到自己。

"但我得帮助人类！我必须努力！别人受苦受难时，袖手旁观是不正义的！"

小公主，我想，你一直都低估了无为的价值。需要非常努力，才能做到无为，你知道吗？正是因为无为，加上无聊夫人帮忙，你才能认识你自己，知道你是谁。那时，只有那时，你才能帮助你想帮的人，吃你想吃的东西。你不需要出于正义而这样做，你会真的想这样做。因为需要只是一种幻觉：早晚都会消失，或让人筋疲力尽……

"骑士，需要和想要？你还要说这个老话吗？"

小公主，这是最后一次了。你想想，瓶子是什么样子的？它最重要的部分是什么？

"……就是装水或者装糖浆的部分，或者……"

对！就是空着的那部分！正是由于那部分，瓶子才能装水、黑莓浆，或者其他什么东西。但如果那部分是脏的，那么水、黑莓浆和其他东西都会变脏。所以？

"所以呢？"

所以，如果你没办法接受你肚子里空荡荡的部分，那没什么能填满你。

"找个丈夫也不行吗？"

找个丈夫也行不通！小公主，你记住：所有用来填满生活的东西，都是没用的破玩意儿，就像脏水。生活接纳的东西，自然而然地发生的事情，才是好东西，是干净的水。即使什么也没有发生，空荡荡的也好。

"生活就是一个瓶子！"不安公主感叹了一句，即便她没有真的明白骑士所说的。

当然。你没见过一个空瓶子耍小脾气吧？

"没有……"

那你就像瓶子一样吧，再也不要出来冒险了。活在这个世界上，就是一种历险。

"活在这个世界上，就是一种历险。"公主重复着这句话。她又说了一遍，"活在这个世界上，就是一种历险。"她一直不停地重复着这句话，甚至连招呼都没跟正义公爵打，就慢慢地，一步一步地走回了城堡。

活在这个
世界上，

就是一种
历险。

Part4

你知道，和爱人一起虚度时光，那太美妙了。

我们如果要像山丘一样伟大，唯一能做的就是和我们在意的人，

不做任何事情，只是简单地待着。

为什么这样呢？

因为那时候，笑就像笑，哭就像哭。

文艺男爵是一位艺术家。

公主和他的故事，跟之前一点也不一样。

从和他在一起的第一天起，不安公主就觉得她实现了自己的梦想：每一瞬间都包含着一个新体验，一个惊喜。

她感到肚子里有一阵涌动：一次两次……一百零七次……一千次。

这是爱情吗？

是的：是爱情！

这就是爱情！

　　这是一种新的渴望，与之前那些让她躁动不安的渴望截然不同！

　　其他渴望，驱使她追求那些不存在的东西；而爱情，让她想要拥有眼前的人！

毫无疑问，这个人就是文艺男爵。

因为有了他，她现在终于觉得生命完整了。

甚至，太完整了!

因为他，她现在终于能做回真正的自己，她不再是那个傻瓜，只会跟在那些求婚者的后面，而是做回了真正的自己：一个非凡的女孩。

文艺男爵住在一栋很大的房子里，房子里有很多的房间，住着很多有趣的人，房间都没有门。

房子里住着一位画家，每天早上，他都会画同一幅风景画，每天晚上都会把画布毁掉。

房子里住着一位芭蕾舞演员，她会通宵训练，白天睡觉。

一位诗人让不安公主静坐在那里，他看着她，为她作诗。

但最有意思的是文艺男爵，他第一天画画，第二天跳舞，第三天心血来潮想学手鼓，第四天又想写他们的爱情故事，真是个让人难以置信的故事……

"整个宇宙，没人像我们一样相爱！"每天早晨，他都在她耳边轻声诉说。他们一起拥抱生活，他有无数建议：去参观一家博物馆；在街上跳华尔兹；在广场上和哑剧演员玩；学小提琴或用法语唱歌；做计划去火星旅行；制定加利福尼亚的冲浪课程。

现在，我真的什么都有了，不安公主想。

现在，我再也不会想念空空了！

事实上，是空空骑士在寻找她。

一天夜里，他横着身子，飞进了她的梦里。

我来了！小公主！

"骑士！"不安公主没想到会见到他，但她很高兴能告诉他正在发生的事情，"我有个好消息！"

啊，是吗？

"是的！我恋爱了，但这次我感觉没错。"

你怎么这么确定？

不安公主马上变得严肃起来，为什么骑士不替她感到高兴呢？

她尽量冷静下来，说："我肯定我恋爱了，因为我从来都没有过这种感觉。"

什么感觉？

"文艺男爵让我感到自己……不平凡！"

不平凡？为什么？你不拉屎了？你的脚不像所有人一样臭了？

现在，不安公主的怒火正在慢慢燃起："我当然拉屎，我的脚当然臭。但是，只要文艺男爵在我身边，我就什么都不缺。事情就是这样。"

要是他离开了呢？

"你怎么这样说？他是我未婚夫！他爱我！我也爱他！他怎么能离开！"

很好，小公主，正是因为你爱他，所以你得小心点。

"小心点？我又没什么风险！骑士，这才是真正的好消息：我再也不会有风险了。"

但是，小公主，你从来都没这么危险过。如果非得用这个夸张的词——爱情，它无法解决我们的问题，通常来说，它只会给我们增添麻烦。

"那为什么大家都在追求爱情呢？"

的确如此，所有人都追求爱情，但他们的动机是错的。他们追求爱情只是为了逃避孤单，为了填满心中的空洞。更是因为他们不想面对现实：单单生活在这个世上，就已经是一种历险了。

"但我知道我是谁！我已经找到了自己！多亏了文艺男爵，我才会相信，活在这个世界上，就是一种历险。"

让我听听，他让你发现你是谁？

"一个终于能够满足的女孩，万事都很称心，永远都不会无聊！"

所以说，无聊夫人完完全全变成了你的敌人？再也不是我们可以信任的人了吗？

"这个……"

什么？

"非得说实话的话……"

非得说实话的话？

"骑士，已经过太久了。我已经记不得无聊夫人是什么样子了……"

你不记得她在我们身后散发的味道了吗？仙客来的气

味，这是你说的！

"……但是……"

但是什么？

"……但是，要是我使劲回忆的话，现在我好像记起来了，无聊夫人的气味有点重，好像吃了很多洋葱一样……是这样吗？"

噢，可怜的小公主！

"为什么？为什么你要这样说？"

那时候，我们编了多少笑话和小故事啊，你真的不记得了吗？因为无聊夫人为我们停滞了时间，我们才能编出云彩独角兽的故事呢？这是你想出来的！

"文艺男爵也创造了很多东西！"

啊，是吗？为什么他永远也画不完一幅画？为什么他写一个故事，永远写一半就放弃了呢？

"因为他有太多的灵感，他是位艺术家！"

小公主，你说错了。文艺男爵跟你一样，他只是想逃避无聊夫人！他从来都没有过真正的灵感，如果他不信任无聊夫人，那么他永远也画不完一幅画，永远也写不完一本小说。他会永远这样生活下去：参观博物馆，跳芭蕾舞，跳芭蕾舞，参观博物馆。

"这是一种很棒的生活方式。"

看来，你一点也没有明白瓶子的故事……你没有像瓶子一样保持空洞，而是满脑子都想着找丈夫这件事，但你根本就不喜欢你的这些爱人，你只是需要他们。他们能填满你肚子里的空洞，因为你根本就不想接受这个空洞。小公主，你真是无可救药。

"但是现在，我拥有文艺男爵！我真的很喜欢他！除了他，从来没人能填满我肚子里的空洞！他不是脏水，他是干净的水，非常干净！"

啊，是吗？文艺男爵的眼睛是什么颜色的？

"这跟我们现在谈的事情有什么关系？"

所以说，你不知道……

"我当然知道，我怎么可能不知道！"

你没有告诉过他，你每天晚上闭上眼睛，和你妈妈见面的事情吧？他呢？他跟你提过他的妈妈吗？

"他跟我说过很多事情。"

比如说？

"比如说，很多很多。总之，重要的是，多亏了他，我现在很幸福。你自己去体会吧！"

所以，你所说的幸福，是你未婚夫的功劳，不是你的。

"这有什么区别？"

小公主，区别大了！所谓的爱情，会给我们带来一堆麻烦，的的确确是这样。但除此之外，爱还应该让我们感到自由。

"我觉得很自由！非常自由！"

自由？你？你没感觉到就算了，你还没看见吗？你根本就是被囚禁了！

"你疯了，真的疯了。"

为什么？就像你说的，为了幸福，你像一只贻贝一样黏着文艺男爵，和他一起做所有的事情。

"这有什么不好吗？"

如果你是自由的，那和他待在一起，你肯定想了解他的思想，告诉他你的想法，一起投入到无聊夫人的怀抱中，她会守护着你们。但你被囚禁了，就是这样。你成为恐惧的奴隶，你需要一个丈夫，这也让你成为囚徒。需要只是一种幻觉，早晚会……

"够了，够了！我再也受不了你这些莫名其妙的话了！你就是嫉妒，因为我现在做了很多非凡的事，有了很多全新的体验，但你继续无所事事，一辈子都只能那样！滚回你的山丘，回到你的无聊夫人身边去吧！我再也不想见到你，再也不想！"不安公主声嘶力竭地叫喊起来，她忽然从梦中惊醒。

但至少摆脱了空空骑士。

做了那个糟糕的梦之后的第三天，不安公主准备动身回城堡告诉她的爸爸，这次她成功了，她找到了丈夫。

她让画家为她化了妆，还向芭蕾舞演员借了最漂亮的短裙，一打扮好，她就去了未婚夫的房间，想让他欣赏欣赏。

但房间里空无一人。

"文艺男爵！文艺男爵！"她呼唤着，寻遍整栋房子，每个没有门的房间，可是连文艺男爵的影儿都没见着。

"你到哪儿去了？"不安公主开始担心起来，"亲爱的！亲爱的！"

这时，诗人走了过来。

他拥抱了她，交给她一封信。上面写着：

亲爱的不安公主

　　我很抱歉，我还没有做好结婚的准备，我也许一辈子也不会结婚。你是个很好的女孩，但我不需要一个妻子，我不想过平淡无奇的生活，我需要不断地冒险，体验各种经历。很抱歉，我天生就是这样。还有，身边总是同一个女孩，我并不能感到满足。

　　原谅我，如果可以的话。

文艺男爵

　　公主回到城堡，一直在流泪，叹息，叹息，流泪。

　　她感觉，与文艺男爵分手后，她自己也分解了，碎得体无完肤。

　　她第一次受到爱情的折磨，还是跟以前一样，她的反应

总是很夸张。

她不停回想与文艺男爵在那个没有门的大房子里一起度过的美好时光。

她记得每个细节，每次从睡梦中醒来，每家博物馆的每幅画，每个突发奇想，他们停留的广场，一起跳舞，或者与路人一起过夜。

但是，无论她怎么努力，她唯一记不起来的是她和文艺男爵一起时讲过的故事，说过的话。

文艺男爵到底在想什么？他是谁？不安公主从来没时间问这些问题，因为他们总是疯狂地体验着各种事情。

也许……骑士说得对？

但她太伤心了，她不想为骑士那些拐弯抹角的话伤脑筋。而且，她也明明白白地对他说过：我再也不想见到你！

她现在心碎了，她不想遭受那些让人摸不着头脑的臭骂。

她只是想念无聊夫人，还有她的洋葱味气息！

不，不，唯一能把她从痛苦的旋涡中解救出来的，就是最后一位求婚者。

高大国王亲自陪女儿到王国的边境，那里有一座雄伟的寺庙，矗立在一道峡谷之上。

最后一位求婚者——深沉公子就住在这里。他身材高大，光着脚，身上穿着一件浅绿色的袍子，颜色很特别。有几个年轻人跟他在一起，也穿着同样的衣服，他们以兄弟相称。他们的眼睛总是紧闭着，走路时也是如此。

"我们到这儿拜一拜大开心果。"深沉公子对不安公主说，他指着寺庙外面的一个四方形的玻璃柜，里面供奉着一颗大开心果，比拳头还大，那是公主一辈子见过的最大的开心果了。"每天它都会与我们交流，给我们启示，告诉我们该做什么，让我们摆脱焦虑，帮助我们变得更好。闭上眼睛，我们就能听见它说话。不安妹妹，你想试一下吗？"

公主耸耸肩，她曾经想要找到丈

夫，但现在她只想忘记对文艺男爵的爱。假如闭上眼睛聆听大开心果对她有用，那她就会闭上双眼！

她到这里来，不就是为了这个吗？为了忘记文艺男爵，爱上深沉公子。

就这样，她听从了深沉公子的建议，闭上了眼睛。

"怎么样？"深沉公子问她，"它对你说了什么？"

不安公主摇摇头，张开双臂表示无奈，很明显，大开心果不想跟她说话……

"不用担心。"深沉公子安慰她说，"你要赢得它的信任。你试着绕玻璃柜转一百圈，大开心果会感动的。"

不安公主二话不说，就奔跑起来，她像往常一样坚决，因为她想忘记不幸的爱情。

吃晚饭的时候，深沉公子递给了她一个碗，里面装满了开心果壳。

自从被文艺男爵抛弃后，不安公主就感觉不到一丝饥饿，但深沉公子和其他兄弟好像吃得津津有味，她试着像他们一样，把果壳咽下去。

"真棒，我为我未来的妻子感到骄傲。"深沉公子轻声对她说，"大开心果会感动的。"

第二天，他给了公主一件白色的袍子。

"一个月后，你才能跟我们穿一样颜色的袍子，也就是开心果色。"他解释说。

然后，他让她围着玻璃柜再跑一百圈，但是她得闭着眼睛跑。

虽然不安公主体力很好，但跑完第二个一百圈时，她已经精疲力竭了。

深沉公子不停在她耳边喊："大开心果会感动的。"他嘱咐她，"继续闭着眼睛。"

公子拉着她的手，带她参观寺庙，最后，他们来到了一个房间里。即便她什么也看不到，但她感觉那个房间很狭小，很潮湿。他让不安公主跪下，对她说："现在，我们在这里静静待几个小时，搞清楚让你不安的事情，恳求大开心果和你交流。"

公主跪了下来，也算是一种休息，但那个房间的地板太硬了，她闭上了眼睛。

"加油，不安妹妹……"深沉公子鼓励她，"你和大开心果交流之后，你就会知道，让你不安的东西是什么了。"

不安公主很清楚是什么在折磨她！因为文艺男爵抛弃了她！但她还是很爱他！

这几个小时，她一直在那里，反复想着她想驱赶的想法。

过了不到一个小时，她就睁开了眼睛站了起来，她再也忍不住了，说："深沉哥哥，你听我说，我真没办法和大开心果交流，我一直忍不住想着我的前男友，我越想，我就越思念他！"

深沉公子慢慢睁开一只眼睛，然后睁开另一只。他用低沉淡定的声音问："你以前爱他吗？"

"我当然爱他！糟糕的是，我现在还爱他！"

"不安妹妹，你能告诉我，你所说的爱是什么吗？"

"是肚子里有一种浪潮涌动的感觉：一次两次……一百零七次……一千次。这是一种新的渴望，与之前那些让我躁动不安的渴望截然不同！其他渴望，驱使我追求那些不存在的东西，而爱情，让我想要拥有眼前的人！毫无疑问，这个人就是文艺男爵。因为他，我终于变得完整了。甚至成了真正的自己，因为……"

"嘘！"深沉公子打断她，"不安妹妹，我们对大开心果的爱，才是唯一真正的爱。它指示我们做的事情，它推崇的事情，才是我们唯一的渴望。振作起来，重新回到你的位置，我们继续。"

不安公主闭上眼睛，重新跪下，她试着听从深沉公子的那些话，但她做不到。她脑海里仍然不断浮现过去的记忆，激动的心情和画面。在紧闭的双眼后面，她看见自己在广场中央演哑剧，在路上跳华尔兹。她那么超凡脱俗，摆好姿势让诗人作诗，欣赏芭蕾舞演员训练……她感到自己那么与众不同。

可能大开心果真的起作用了，但那时候，她产生了一个新想法，就像一道红色的闪电照亮了那些记忆：她想念的不是文艺男爵！

她想念的是她自己，她想念过去的自己！她想念像只贻贝一样黏着文艺男爵，不停做这做那的女孩！她想念那个自认为与众不同的女孩！但他……他，说实话，他是谁？他父母叫什么名字？他们还在世吗？她从没问过！尤其是，文艺男爵的眼睛是什么颜色？淡栗色……也许是……蓝色？黑色？她不知道……她不知道。所以呢？所以，她只是被那种需要占据，她需要填满肚子里那个该死的空洞。

要不然，他对她说过什么话，她怎么会什么都不记得？真的什么也不记得。她只记得跟他一起做过什么！还有她的感觉！但是，她连文艺男爵的眼睛是什么颜色都不知道！

"空空骑士说得对！"她在庙里那个黑黢黢的房间里大喊了一句，让深沉公子大吃一惊。

　　"不安妹妹，拜托了，别大喊大叫。"他斥责了一句，但语气很平静。

　　"空空骑士这次也说对了，深沉哥哥，你知道吗？"不安公主猛拉了他一把，让他也睁开了眼睛，站了起来，"要是我真的恋爱了，真的自由了，那我现在应该知道，文艺男爵的眼睛是什么颜色！那我会想要了解他的思想，告诉他我的想法！朋友之间就应该这样，对待我们所爱的人，也是这样，相爱的人之间，也应该这样！"

　　受到这个启示，她心情激动，挽着深沉公子的手，即兴跳起塔兰泰拉舞来。

深沉公子很快就恢复了镇定，他咳了两声，清了清嗓子说："不安妹妹，你还没有准备好接受大开心果的庇佑，还有我带给你的体验。"

"深沉哥哥，我不知道。"不安公主承认说，"但我相信，活在这个世界上，就是一种历险。"

深沉公子好奇地盯着她看，说："你说的这句话很睿智。"

不安公主有些慌乱，她说："这些话不是我说的……是……是……是我一个朋友说的……但现在他不再是我的朋友了，总之……总之，不说了。"她的脸色忽然变得阴沉。

"你还好吗？"深沉公子问。

"老实说，不好……"不安公主小声说。

"不安妹妹，告诉我，还有什么让你苦恼的事。"

"深沉哥哥，谢谢，但我……总之……我还有些混乱……我已经明白，我思念的不是文艺男爵，但为什么，我现在还是感觉很沉重……"她指着肚子说，"这里，我总是感到一种空洞……一种空洞，是的……空洞……"

"也许你需要跟大开心果和解……"深沉公子说。

"我需要跟大开心果和解……"

公主自言自语地说，然后她摇摇头："不！不，不不！深沉哥哥，我尊重你们的大开心果，但这时候我根本就不在乎它，我没办法跟它打招呼！我不需要跟它和解……"她闭上眼睛，又一次跪了下来。就这样，十分钟……二十分钟……一百分钟。最后她站了起来。

"我不需要和任何人和解！"她大声喊道，黄色的眼睛熠熠生辉，"但我想！噢，是的，深沉哥哥！我想，我非常想要跟一个人和解。但他既不是这座寺庙的神，也不是文艺男爵。我有一种渴望，我渴望和空空和解，这一次永远和好。这就是我的想法。"

她光着脚跑出寺庙，白色的袍子在夜色里飞舞。那时候，如果那座山丘看到她的话（并不是没有这种可能），可能会觉得那是一颗星星—— 一颗坠落的小星星。

她大声喊着：

我要跟空空
我要永远
空空
和解！

230

和解！
跟

"骑士，骑士！"她呼唤骑士，尽管她离山丘顶还很远。

"骑士！"这时候，她有太多话想要对他说，她先通过心中的秘密通道对他讲。她请求原谅，她以前太傻了，她一次次地向骑士道歉。

她说，她终于明白了。是的，她明白了需要和想要之间的区别！"因为，如果不学会忍受肚子里的空洞，或者学会慢慢喜欢它，那我会总是需要冒险，或者需要一个男朋友来填满我的空洞，我将永远不会自由！不会自由地选择，自由地渴望！我将永远是一个奴隶，受到束缚，受到恐惧的束缚，因为担心那个空洞！我无法成为瓶子，无法成为人！我只是在制造麻烦，太多的麻烦！因为我想要好玩王子、忧郁伯爵、正义公爵、文艺男爵和深沉公子为我做那些只有我能做到的事！我想要他们帮我痊愈，让我不再是一个不安公主……我需要他们，但需要只是一种幻觉：早晚都会消失，或者让人筋疲力尽……只有我才能使自己不再是不安公主！

232

只有我才能跟肚子里的空洞和解，就像接受心中的空洞！只有我才能与无聊夫人和解，尤其是，只有我，才能和空空骑士和解！骑士！骑士！"

不安公主已经到了山顶，但连骑士的影子都没看到。

"空空骑士……"不安公主的声音开始颤抖。那是一个黑漆漆的夜晚，没有月亮，也没有一丝风。

"空空骑士……"她低声呼唤。

没有一只蟋蟀，也没有一只松鼠回答她。

只有一片寂静，公主冷得发抖，开始觉得害怕……但那时，一只猫头鹰张开翅膀飞过天空，有一道光线照亮了一颗大松树上的树洞。

不安公主看到树洞里伸出一只脚，干干瘦瘦的。

"骑士！"公主扑向树干，把头伸进洞里，找到了骑士。

"小公主……"他嘟哝着。

是他。

但……不完全是他。

她回想起某个人……是谁呢？

不安公主不需要太长时间，她就发现：空空骑士让她想起了生病的妈妈，还有她生命最后的时光。脏脏的眼镜镜片后面，骑士睁着一双大眼睛，但好像很无神，垃圾袋变大了，但实际上是他的身体缩小了。死亡笼罩着他，要夺走他的生命，就像夺走王后的生命一样。

"空空骑士，你快死了吗？"不安公主强忍着眼泪，结结巴巴地说。

"小公主，不完全是。你还记得，很多年前你爸爸跟你说的话吗？"

"死亡并不意味着有人离开，你却留下……"不安公主自言自语说。

"所以，问题困扰的是留下的人，肯定不是我！"他想发出惯有的笑声，但变成一阵严重的咳嗽。

"怎么……"不安公主强忍着眼泪问，"怎么会这样？你怎么会生病？"

骑士费劲地从苔藓做的窝里坐了起来。

他慢慢摘下眼镜，用袖子擦了擦，再戴在鼻子上，跟往常一样，眼镜更脏了。他叹息说："在我的生命里，我没有做很多事情……也许，我该解脱了。再说，我对任何人都没意义……"

"我呢？"突然间，不安公主不再哭泣，她生气了，"现在我正好回来了，我再也不会离开！你难道想把我一个人丢下吗？"

骑士疲惫的目光终于落到了她身上，"但是小公主，你要结婚了，你想要做什么，脑子很清楚，你不再需要我了……"

"不！"不安公主坚定地摇了摇头，"不！我跑到上面来，就是为了告诉你，我过去全错了！那些该死的求婚者只是把我弄得越来越糊涂了，让我对生命里唯一重要的事情分心……"

"就是无所事事的甜蜜？"骑士咳嗽着说。

"不。是我和你的友谊，这就是我明白的事情。"

骑士栗色和绿色的眼睛好像又焕发了生机。不安公主继续说："就算你跟我说，友谊是不存在的，但对我来说，它是生命里最重要的东西。因为对我来说，友谊是存在的。或者说，至少我们的友谊是存在的。不是因为我需要你，你让我感到充实，而是因为和你在一起我很开心，不管是我感到空洞时，还是和无聊夫人一起，什么都不做的时候，我都很开心。"

"那么……那么你想起她来了？"

"当然！"不安公主大声说，"是的，她的气息像仙客来！如果我提前想起来的话，那就能少惹很多麻烦……"

骑士太累了，他躺了下来。他小声说："小公主，你想知道一个秘密吗？"

"当然了。"

"你带来的麻烦，是我从这个非常奇怪的世界里，收到的最好的礼物。"

"麻烦？礼物？但是，由于那些麻烦，我一直在折腾你，我们吵得不可开交，我羞辱过你，还踢过你几脚！"

"但……"空空骑士咳嗽了好长时间，"但这让我感到……"他又咳嗽了一阵，"……我活着。"

不安公主把一只手放在他额头上，太烫了！

"无为当然是一件好事，但……"骑士接着说，"但无感……永远没有感觉，就太……"

"就太可怕了。"不安公主替他说，"就像感情太丰富一样，也太可怕了。"

"小公主，就是那样。正因如此，即便我不在了，你也要向我保证，你要重新和无聊夫人来往……你真的把记着我们的故事的笔记本撕掉了吗？"

不安公主低下头说："我是故意那么说的，是想让你生气。但其实那个本子我一直都放在枕头下面，虽然我从来没打开过。"

"太好了……"骑士疲倦的脸上露出笑容，"你和无聊夫人聊天时，你想到什么故事，一定要写下来。"

"我向你保证。我还向你保证，我永远都不会结婚，永远都不会！"不安公主把手放在心口，好像在发誓一样。

"你这个小笨蛋，说什么蠢话呢？我希望你结婚，我当然希望你结婚！要不然，你想像我一样，成为这个世界上的一个废物吗？"骑士瞪大眼睛，"当然，你得找个倒霉鬼，

受你的罪……但你可以找一个比之前那五个求婚者更好的人，他们简直太……像小丑……"他笑了出来，然后又变得严肃，后来一直保持这个语气，"小公主，你应该找一个无所不能，也就是一无是处的丈夫。"

"骑士，你还要打谜语吗？"

"我想说的是……"但声音已经变成一丝气息，太微弱了，"你应该找一位丈夫，像好玩王子一样让你发笑；像忧郁伯爵一样，让你感到自己很重要；像文艺男爵一样，让你感到与众不同；像深沉公子一样，推动你去看人类视野以外的东西；像正义公爵一样，让你尊重别人。"

"所以，就算文艺男爵不想和我结婚，我也可以选择其他人中的一个？"

"我刚跟你说了，他们都是小丑！他们也被肚子里的空洞吓到了，他们每个人都想要像你一样，用太多东西去填满它。但你至少去寻找了，而他们认为自己已经找到了。"他说得很急躁，深深吸了一口气，继续说，"所以小公主，你需要的是这样一位丈夫，他不会给你太多东西，但他每样都会给你一点，但不会剥夺你的……"

"是你要从我这里夺走这个非常重要的东西！如果你死了，那就是从我这里夺了走空空。"不安公主抱住了他的肩膀。

"小公主，你说什么呢！我们可以通过那个秘密通道说话，想说什么就说什么，想什么时候说就什么时候说。谁知道呢，我们也可以想出另一种方式，继续相互折磨……"

"另一种方式？"不安公主黄色的眼睛突然熠熠生辉，"什么方式？"

"现在，那不重要。"骑士第一次把手放在公主的脸颊上，拧了她一下，但也许是一个抚摸，"重要的是，你未来的丈夫会带给你一个礼物，就是他不做的那些事情。这样，你们就可以一起不做这些事情。我希望那些事情有很多很多。"

"骑士，没有你，我怎么能做到呢？"不安公主再也坚持不住了，她号啕大哭起来。但不像以前那样，她慢慢地、温柔地开始哭起来。"没有你，我怎么办？"她不断重复着。

"还有无聊夫人，她可以帮助你。"骑士回答说。他的声音开始颤抖，不仅仅是因为疲惫，"你知道，和爱人一起虚度时光，那太美妙了。我们如果要像山丘一样伟大，唯一能做的就是和我们在意的人，不做任何事情，只是简单地待着。为什么这样呢？因为那时候，笑就像笑，哭就像哭。总之，没什么原因。这会让你显得与众不同，与所有人都不同。"

"我知道！因为我和你一起尝试过。"

"是的。因此我们是朋友。不是吗？"骑士向她眨了眨一只眼，栗色的那只。

不安公主抓住他干瘦的手。

　　他们就保持这个姿势，过了一夜。黎明，调皮的晨光开始在天空嬉戏。

　　"为了我，你会这样做吗？"这时候，骑士轻轻地说。

　　"当然。"不安公主说。

　　她躺在他身旁，吹起了口哨。

"幸亏有你，啰啰唆唆的骑士，我不再是不安公主。"

"幸亏有你，麻烦不断的小公主，我不再是空空的空空。"

"终于，现在我成为一个重要的人了。"

"终于，现在我成为一个重要的人了。"

那天以后，发生在公主身上的一切，我们就无从知晓了。

但我们知道，公主一个人待了好几天，没人知道她去了哪儿。

回到城堡后，她把自己关在房间里，写满了一个又一个笔记本，但不知道写的是什么。

除此之外，她还读了很多书。

骑一会儿鹿。

有时候，她会很忧伤。

但也常常面带微笑。

我们知道，几年后，她又遇到了一位王子、一位公爵、一位伯爵，但她没有和其中任何一个人结婚。

直到有一天，她在王国里转悠，有一位不高不矮、不帅不丑的青年站在一座山丘的空地上。

他戴着一副脏脏的眼镜，圆圆的镜片，他用一只袖子擦了擦，但眼镜却比之前更脏了。

他躺在草地上，看着天空。

我们知道，这时候公主正好经过这里。

"你是谁？"这个外乡人问她。

"我是不安公主。"她回答说，"你介意我躺在你旁边吗？"

"但是……我只是在看一朵云，它的形状太奇特了……我觉得，一位公主不适合这样消磨时间。"他说。

"试试吧。"不安公主说。

"你仔细看……"这个镜片脏脏的外乡人说，"那像是一只独角兽，你不觉得吗？"

他们身后飘来一阵芬芳。

好像是仙客来的味道。

End

所有用来填满生活的东西，都是没用的破玩意儿，就像脏水。

生活接纳的东西，自然而然地发生的事情，

才是好东西，是干净的水。

即使什么也没有发生，空荡荡的也好。

图书在版编目（CIP）数据

不安公主 /（意）基娅拉·甘贝拉莱
（Chiara Gamberale）著；陈英，邓阳译 . — 长沙：湖
南文艺出版社，2018.11
书名原文：Qualcosa
ISBN 978-7-5404-8839-0

Ⅰ.①不… Ⅱ.①基… ②陈… ③邓… Ⅲ.①童话—
意大利—现代 Ⅳ.①I546.88

中国版本图书馆 CIP 数据核字（2018）第 195757 号

著作权合同登记号：18-2018-102
Qualcosa by Chiara Gamberale. Longanesi © 2017. Rights Arranged by Peony Literary Agency Limited acting
association with The Italian Literary Agency

上架建议：畅销·外国文学

BU' AN GONGZHU
不安公主

作　　者：[意] 基娅拉·甘贝拉莱
译　　者：陈英　邓阳
出 版 人：曾赛丰
责任编辑：薛　健　刘诗哲
监　　制：毛闽峰　李　娜　刘　霁
特约策划：由　宾　曹伯丽
特约编辑：孙　鹤
营销编辑：杨　帆　周怡文
版权支持：张雪珂
封面设计：尚燕平
内文版式：潘雪琴
书籍插图：[意] 托诺·佩蒂纳托
出版发行：湖南文艺出版社
　　　　　（长沙市雨花区东二环一段 508 号　邮编：410014）
网　　址：www.hnwy.net
印　　刷：北京中科印刷有限公司
经　　销：新华书店
开　　本：755mm × 1120mm　1/32
字　　数：86 千字
印　　张：8.25
版　　次：2018 年 11 月第 1 版
印　　次：2018 年 11 月第 1 次印刷
书　　号：ISBN 978-7-5404-8839-0
定　　价：48.00 元

若有质量问题，请致电质量监督电话：010-59096394
团购电话：010-59320018